随
喜

U0909645

赵赵／文

图书在版编目（CIP）数据

随喜/赵赵著. —南京：江苏文艺出版社，2010.3
ISBN 978-7-5399-3643-7

Ⅰ. ①随…　Ⅱ. ①赵…　Ⅲ. 散文—作品集—中国—当代　Ⅳ. ①I267

中国版本图书馆CIP数据核字（2010）第032824号

上架建议：畅销书 · 文学

随　喜

作　　者：赵　赵
责任编辑：刘　霁
策划编辑：吴成玮
整体装帧：瞿中华
出版发行：凤凰出版传媒集团
　　　　　江苏文艺出版社　http://www.jswenyi.com
集团网址：凤凰出版传媒网　http://www.ppm.cn
印　　刷：北京嘉业印刷厂
经　　销：新华书店
开　　本：880 × 1230　1/32
印　　张：10
版　　次：2010年4月第1版
印　　次：2010年4月第1次印刷
书　　号：ISBN 978-7-5399-3643-7
定　　价：29.80元

目 录

我是什么人

北京是我的荷尔蒙

\

\

\

婚后就不太出去玩了。自觉退居二线。

所以好多新北京的去处，我知道，但不了解。总是从朋友那儿听说：在国家大剧院的二楼看戏如同买的挂票，要紧紧抓住身边的栏杆才不至于跌下去……东方广场叫“东厂”，西单时代广场叫“西厂”……“水立方”很美……朋友开了夜店，狗仔队最爱蹲守，可直到歇业也没有去玩……

但觉北京，只是我家所在这个小区。人到中年，空间需求变小，只对好吃的饭馆了如指掌。

真懒得动。“北京”在我心上最重地敲击，始于在外地待了三天以后的那个夜晚。三天后就开始无比思念，思念的倒不是家里的床，是“北京”这个名字。觉得回去了，就安全了。在外地，老觉得孤独。不是我的地儿。

我最爱的北京，也许是飞机落地前十分钟在天空中看到的那些模型般的房子，是新航站楼的停机坪，是滑行时匆匆掠过的雨线，以及从机场到家的路——宅女。必须的。

从某种角度说，我对北京越来越漠然，不当回事儿。这种感情，反倒是深了——它不只是城，更是我家。我对家人说话的口气就没有表情，但他们是否安好是我遇到事件后的第一反应。

在不同的年纪，北京是不同的样子。人总是只看到目光所及……对于别人看到的不同角度，有些时候甚至深度怀疑彻底否定。有一夜在工体“鹿港”后身，那里应该是目前最时髦的去处吧，夜店云集——是的，必须去夜店，别的地方都OUT了，什么后海，三里屯？新燕京八景起码应该有COCO BANANA、BABI、唐会、钱柜。BABI外无数好车一字排开，保时捷从我身边呼啸而过，进了车阵就跟往沙漠里抠点眼屎往海里吐口痰似的——平凡了。那些深夜里鲜衣怒马的少年，仍会在酒局正酣时像年轻时的我们般哭泣，只是，他们无须在错过末班车后靠两条肉腿穿过街巷，他们严重违反交通法规。

这一年来，北京最触动我的风景，全部在堵车时间。一次在四环，缓缓前行时身侧蓦地出现巨大“鸟巢”。它像是突然从深海中冒出头的瑞兽，用错综复杂的钢筋眼神静静凝视我。那一瞬间，我实实在在地被打动了，北京，我的北京，那种拥有的满足感陪着我在类似亚洲最大停车场的环线上挨过。

冬日黄昏，光被夜黑吞噬大半的时刻，东四到新华门路边树枝上有成千上万的乌鸦，有时它们静静飞起，沉默地给天空盘旋出一个旋涡，隐约间，似乎能闻到它们身上古代的气息。

人一生就是奔走，从少年的布景奔走到成年的胸怀。那些适合年龄的去处代表着北京的包罗万象。现在的我们，更愿意去798，草场地，酒厂，在艺术街区里一回头，看见类似自己的朋友也正从某座雕塑前回过头来——在阅历中重聚，就像从未在彼此的故事里远离。

北京是我的血，我的荷尔蒙，我的汗，我的分子，我的空气和网。我也是他的。

我是什么人

\

\

\

人民的娱乐活动总是一拨一拨的，这拨赶上杀人，玩杀人需要人多，认识了不少新朋友，又见到不少老朋友。比如晓辉。

因为重遇晓辉，令我开始思考一个问题：我到底是个什么人？当然，我指的不是人品，我对自己的人品认识得还是很清楚的，那真是相当的一般。我思考的是性格上的：我到底是什么性格的人呢？

起因是这样的。当年我和晓辉最后见的那两次，给我留下了很不好的印象，不是他不好，是他那时刚买车，不知道为什么，拉别人都没问题，车上一旦有我，必出事故。头次撞电线杆子，二次剐了一辆黑车。我心重，顿时心理压力大了起来，琢磨自己是不是方人家新车呀，太不合适了，后来就不敢见了，一不敢见了，还真就好几年没见着。我心重不是没理由的，晓辉说他后来再也没撞过车。

剐黑车那次，车上还有那谁。剐完大家到马路边理论，对方有位四十来岁的大姐，颇泼，那谁和晓辉就和她对骂，我羞于在生人面前开口，更甭提骂架，就一直在边上站着，仅用愤怒的眼神声援。

我对该次事件的记忆仅限于此，但晓辉说，不，还有别的，我以后就跟你混了。为什么？你牛逼呀。那大姐后来骂那谁，说瞧你那样跟一鸡似的。嗯，这话我记得，太讨厌了。

然后你就说话了。

你说，再废话抽你丫的。

这话很管用，之后大姐再也没敢吭过声。

昂——？我说晓辉你记错了吧？我不记得和气如我说过这话啊？是不是那谁说的？晓辉一口咬定不是那谁，就是你。回家给我丈夫学：我怎么可能是这样呢？我丈夫说：你可不就这样吗？于是我默默了。

这些年我一直在痛恨时光磨平了我的棱角，见义勇为的心气儿再也没了。尤其那一年在三里屯与诗老（诗歌大老）的对峙之后，我几乎沮丧到底。事情是这样的：三里屯南街那时有个诗人开的饭馆，一天老板说出了本诗集，张罗晚上整个买书饭局，一行四人——我，我丈夫，石康，廖一梅便去了。买了书，吃了饭，刚要走，一个认识的姑娘过来哭，说被一诗老给猥亵了。廖一梅一听就急了，问谁呀谁呀，怎么能公然猥亵人家一小姑娘啊？她一急，石康也急了，就问姑娘是哪一位诗老，姑娘一指，我就犹豫，我丈夫和我说过几次极喜这位诗老的小说，是否可以采用迂回曲折的方式……但石康已经过去了，客气地问：你欺负这姑娘来着？

他的意思是，如果你欺负了，给人家道个歉。但没想到诗老已以迅雷不及掩耳盗铃铃儿响叮当之势短身而起，伸手将丫推了个趔趄。要知道，那是诗人的饭馆，诗人的地盘，呼啦就围上一群疑似诗人。而我，当时就站在诗老与石康之间。在那短暂的一分钟里，盯着面前的一瓶啤酒，脑海里刷刷刷刷闪过无数念头：磕不磕？如果磕，是在桌上先磕碎了再顶丫脖子上，还是直接磕丫脑袋上？周围有多少人？余光一扫，三四十，如果我磕丫的，这帮人会不会冲上来？还是为了丫们诗老的安全不冲上来？如果冲上来，我拿酒瓶子打得过吗？如果打不过，什么后果？能不能控制住下手的轻重？一下儿磕不碎怎么办？那就被动了……

当我脑子里频闪的时候，饭馆老板过来拉开了两人，那帮诗人一直目送我们离开，当然，是以狰狞的目光。离开现场后，我心情非常复杂，因为意识到现在想事太多，以前的猛劲儿全没了，这比姑娘和石康被诗老欺负更让我沮丧。他们在生诗人的气，我在生自己的气。

血性哪去了呢？还要当街抽大姐呢？竟因为不喜那种场面而生生忘记了！真是因为老了所以变成了一种奋勇向前但戛然而止的性格吗？这叫什么性格啊？岁月何时悄悄在我身上套了缰绳，每到关键时刻，老活活把自己勒住——这就是传说中的成熟稳重吗？

后来我得出结论，之所以变成这样，是因为嫁给我丈夫令我有压力。刚勾搭时，丫一大学同学就严肃地和我说，嫁唐大年你高攀了。然后，几个与我丈夫交好的朋友又赶巧不巧地渐与他疏了往来。我心重，就想：是不是人家觉得他居然能看上我，质疑他的品位，所以才不理他了呢？这种忧虑多年来一直伴随着我。尤其一位疏远了的朋友的话传到我耳朵里：赵赵？赵赵就是一石景山女流氓啊！为什么呢？我为什么是女流氓呢？这算是对石景山人的一种歧视么？

《青春期》粗剪后，约了一些朋友来提意见。有人指出：××的演出与整部戏的其他演员反差强烈，他一出来，这戏就变成另外一种味道了。马上有人自作聪明地总结：也就是说，前面是唐大年，这人一出来就变赵赵了？

原来在某些人眼里，我就是粗俗的代名词！我身上隐形的缰绳想必是因此套上的吧？我很忧虑很忧虑。

中国式结婚

\

\

\

从前人写童话，写到结婚为止，“从此王子和公主过上幸福的生活”；现在人写电视剧，屁大事儿从拧巴撕扯到变态，似乎这才是婚姻的真相。前者回避什么？后者想吓唬谁？结婚这口井，到底有多深？

其实，那就是日常生活中的一件小事，和早餐的一杯奶，午餐后微涨的饭气攻心，晚饭后一水池子要洗的碗没什么不同。

无外几种情况：两个人相爱，爱到某种程度，想要长期占有这个人，不为他人染指，就结婚了；或者两个人相爱过，爱到没爱，想试试另一种相处方式，就结婚了；说不上来爱或不爱，还可以，不讨厌，各方面权衡下来，一起过着不难受，甚至还能各取所需，也就可以结婚了。如果一定要说不同，那是和从前不同，从前是计划经济，离了不好过，也不好离，容易受指责，稍没个性的承受不了。但现在是商品时代，人人有经济实力自立能力，凑和搭帮过日子的压力被卸载了。商品时代讲究商家信用，用得不好是要允许人退货的。

于是，结婚的门槛低了。不用考虑得那么长远，感情差不多够过个三年五载的，再往后谁都说不准，结着看吧。能天长地久固然好，半道分家也没什么丢人。大家都轻松上阵，不抱“永远”的心理负担，说不定还真相敬如宾了。就算不能够一条道过到黑，再见也是云淡风轻的朋友。结婚，和单身一样，不过是选择了一种生活方式而已。

寄自己

\
\
\

亲爱的自己：

我知道你不爱制订计划，最远能想到的不过是诸如“这一年把贷款还清”之类的没志气的屁事。但是，岁数渐长，也该对自己提些长远的要求，我也不多提，今年就一个——要相信自己对人、事、物的第一印象的正确性。

对第一印象正确性的质疑，来自随和，宽容，不自信和不死心。但你总也发现了吧，世界上大多数人是贱人，而贱人的基本特征就是给脸不要脸，你对它随和，它就会认为你好欺负；你对它宽容，它不会被感化，只会变本加厉挑战底限。你的不自信，导致事件越来越拖沓，就像你在马路上总是主动让路给迎面来人，然后就会左让右让两个人谁也过不去；你的不死心，每每令自己陷入困境，优柔寡断到给心蒙上一层猪油，原有的伶俐都看不到了。

所以，新的一年开始，要学会果断，学会坚持自己的判断，学会不妥协，学会第一时间见势不妙撒腿就跑，在无穷无尽的人生苦海边，找到一块可立足观风景的小小礁石，并且坚决不再下来随波逐流。

がんばれ！

我已经不喜欢你了

\

\

\

唯一那盆绿色植物歪倒了。

后来一直没恶狠狠地浇水，怕淹死它。其实它长得不坏，一直在长高，一直有新叶子抽出来，看来是那个玻璃罐太小，头重脚轻，承载不了它了。

我毫不犹豫地拎了它往外走，扔到楼道的公共垃圾箱去。玻璃罐没扔，留下做花瓶。听见里面的陶粒哗啦啦地撒下。

也许它并没死，也许它只是歪向阳光的方向，如果费点心换个大点的盆，找根适中的棍子支住它，也许它仍能好好地长下去。

但我不想费心了。

买时是喜欢它的，是《杀手雷昂》里那种植物。同时还买一株滴水观音，那个先淹死了，死时根是空瘪的，有恶臭的水从瘪处流出。刚买时情怀不同，还新鲜，会看着罐里的陶粒发呆，幻想，写内向的文字，比喻成闷声不响的秘密。连岳还曾问：原来你写诗？——居然恶心到像诗。

其实毫不犹豫地扔掉第二盆，多少也是因为直觉又是一盆臭了的秘密。即使倒的时候没闻见臭味，但难不成我还凑上去闻？非要确认它确实是臭的才满意？

今天和倚马说，真喜欢张爱玲给胡兰成写的倒数第二封信，那样直截了当：我已经不喜欢你了。

我已经不喜欢你了。你是早已不喜欢我了的。我是经过一年半长的时间考虑，唯彼时以小吉（劫）故，不欲增加你的困难。你亦不要来寻我，即使写信来，我亦是不看了。

倚马文青地说，她是失望。

我说，唉。

也许是痛快的。即使是明知他早已不喜欢她了，但她终于能亲眼看着自己一个一个字地写下“你是早已不喜欢我了的”，也是有自虐式的痛快吧。

她真是隐忍。那两句话如果前后颠倒一下，境界立时不同。她并不是因为他不喜欢她而不喜欢他，她对他的不喜欢不是因果关系，只是不喜欢他了。

唉，不揣度，不揣度。只有她自己知道。

身后有家

\

\

\

漫不经心地起床，漫不经心地走来走去，漫不经心地看书看碟，漫不经心地笑，漫不经心地发呆，漫不经心地逛街，漫不经心地说几句漫不经心的话，漫不经心地睡了。

漫不经心，因为不再紧张，没有什么好担心的事情，一切正常运转，有个家在身后，有个人在家里，有个去处。

我不是很清楚三十岁前的歇斯底里（或者叫斗志昂扬）是不是就为了现在的平淡生活，如果没有找到一个目前看来还合适的人组成一个目前看来还不会出什么大纰漏的家，我将会是在哪里日子过得怎么样生活是否要继续？得到了什么，什么就变得合理，似乎是一件从出生就伴在左右的旧家具，熟悉，亲昵，漠视，触手可及，所以安全。

就是为了安全感吧。终前半生，人堆儿里刨来刨去，就是为了找到安全感吧。

婚姻是一种代表了先进性的东西，和科学一样，甚至和谈恋爱相比，它就是科学。它巩固了社会的安定团结，让人达到暂时性的心无旁骛，专心于工作，促进生产力。谈恋爱固然好，但那是一种不正常的极端状态，要遮掩所有的不好，尽力装得跟人似的，骗人骗己，以达到害人害己。有明白人说："每谈新恋爱，如同扒层皮，连打嗝放屁都要重新适应，累。"是啊，不是所有的人都像大S一样认为在亲爱的人面前把屁憋得无声地放出来才叫完美才叫幸福，无遮无掩地随心所欲才是高质量的生活形态。

因为身后有家，懂得心平气和，发现气氛有异，濒临吵架，会连忙往前凑几步，把两人间的线放松。谈恋爱比不了，谈恋爱是要争个高下的。而婚姻的所谓把一团泥搅得你中有我我中有你，不就是一团和气的意思吗?

身后有家，家里的人是亲人，有时也会想：会否火花全无，只剩火柴一根？会否因对亲人的熟不拘礼见怪不怪，而对家外的奇花异草垂涎三尺？会，当然会，但也会客气地想，自己并非好园丁，毁一个人就够了，没必要毁一大片，不积德（何况基本上是被别人毁）。不争了，不俏也不争春。

我家里那个人，是个明白人，从前也是满脑子怪想法，现在可能还有，只是学会了不说，烂在肚子里。每个周末，我们手拉着手，到天桥去听相声，人堆里嗑着瓜子，喝着劣茶，大声叫着好，狂笑不止。场子里人多，散场后在门外的寒天冻地里互相等着，看见他过来了，那么不显眼的一个人，他眼里的我也一样吧，我们互不嫌弃，或者，嫌弃也不说，等到并肩，一块儿回家。

浑蛋故事

\

\

\

话说圆音寺前有一蛛网，其蛛受到香火和虔拜的影响，也渐有佛性。

一日佛祖来到，抬头见它，以为有缘，便问："你觉世上最珍贵的是什么？"

蛛答："得不到和已失去。"

又一千年过去，佛祖再临，问："现在你觉得世上最珍贵的是什么？"

蛛答："得不到和已失去。"

佛说："你再好好想想，我会再来。"

第三个千年里，忽一日，风将一甘露吹落蛛网，其晶莹剔透令蛛极喜，每日观望，深觉度过三千年来最快乐的时光。惜风再起，将甘露吹离，蛛落寞不已。佛祖三问："此时你以为世上最珍贵的是什么？"

蛛答："得不到和已失去。"

佛无奈，让蛛到人间走上一遭。

蛛生于官宦之家，琴棋书画皆通。十六岁时，赴状元甘鹿之庆功宴席，以甘鹿即甘露，认定佛祖安排姻缘，遂上前相问圆音寺之前缘，甘鹿懵然。

帝令甘鹿娶长风公主，太子芝草娶蛛为妻。蛛痛杀，不吃不喝不睡，元魂渐散之际，芝草秉剑前来，欲共同赴死。此时佛祖现身说理："甘露由风带来，自然不属于你。而芝草是圆音寺前你蛛网下的一株草，望了你三千年，你却未曾正视。现在，你是否知道世上最珍贵的是什么？"

蛛默想后答："不是得不到和已失去，而是现在能把握的幸福。"芝草遂不死，与其幸福终老。

我靠！

前面装神弄鬼还是个佛教故事，后面变成了说教故事。你大爷的，真他妈俗。

甘露由风带来，凭什么就要和它在一起？凭什么凭什么凭什么啊？难道不是被带去蛛网吗？要么你丫别来呀？！谁请你了？！

芝草观蛛千年——她让你看的吗？看了三千年就得在一起吗？我就靠！

老娘我觉得，世间最珍贵的，倒也并非得不到和已失去，而是——**不但得不到，并且已失去。**

祸从口出

\

\

\

N年前，和小迟刚接手“天籁村”时，MTV那边派了一个台湾女孩过来监督一阵子。她在大陆没有什么熟人，和我们的来往算比较多，一起吃饭，一起出差，还从台湾带朱德庸漫画给我，怎么说也算关系不错，但我们一直对她亲热不起来。当然，我和小迟都是慢热型，我们之间熟稔起来都花了大概一年时间，何况那个女孩只待了两三个月。

印象最深的一件事是某次饭后扯淡，当时MTV还没有落地，所以台里的主持人没有CHANNEL[V]的深入人心。评价到敌台的主持人，我说都不错啊，吴大维，周瑛琦，那女孩全部点头表示同意，唯独说到柯蓝，她不假思索脱口而出：“啊？可她是大陆的耶。”语气里的蔑视显而易见。我与小迟瞬间沉默——我们也是大陆的耶。

那天后来的聊天有点尴尬，她走后，我与小迟当然说起这个话，那时我们还容易愤怒，一心认定她瞧不起我们。其实从善意的角度出发，或者只从理解的角度出发，她显然是无心的，显然是聊得兴起忘记了来人的身份。这就像北京人和朋友聊天时会突然以“农民”或“外地人”讽刺某些看不惯人士一样，他忘记了和他聊天的人里也有外地人——外地人又怎么了？农民又怎么了？其实没怎么，其实他是把对方当成自己人，他想讽刺的当然不是对方。但是没办法，祸已从口出。

我很清楚地记得当年说过的极不得体的话。那时年轻气盛，觉得三十岁的人好老。某次和几个女友聊天，说到一个不喜欢的同性："那个女的，都三十多了……"说完就傻了眼，对面的女友就三十多岁，其实我很喜欢她，但我把这一桌人都只当成自己人，划到自己年龄段了。我生怕伤害到她，急于找补："还离过婚……"靠得累，说完又想起来，人家也离过婚。其实，离过婚怎么了？三十多怎么了？张爱玲不是说过："你年轻么？不要紧，过两年就老了。"

那之后我反省了好久，对这种口无遮拦后悔而痛心。但其实很难杜绝，因为熟不拘礼乐而忘形，尤其在只求语言快感的年纪里。要么就只和同类人来往好了，年纪一样，背景一样，阅历一样。但即便如此，只要心细如发，仍然能受伤害。所以我只好告诉自己不要计较，我妈说过，事怕翻个儿，每当被人言语伤害时，我就多想想可能被我伤害的人更多。

几年前突然红起一个大饼脸模特，我当时有个密友是做时尚杂志的，某次送我一本新刊，我翻看时另一女友偶然瞥到大饼脸的照片，说咦，和你有点像啊。我喜欢大饼脸，得意地与杂志密友显摆，她笑笑，未置可否。几天后我们一起晚饭，餐厅里有免费阅览的杂志架，上面赫然摆着她的杂志。酒足饭饱，她信手拿过来欣赏自己的业绩，翻到大饼脸时，闲闲地提起："我很喜欢这个模特……前几天，忘了是谁了，居然腆着脸说自己像她，靠，她也配。"

然后，我与她同时瞬间沉默。显然她在话音落地的时候突然想起，不配的那个人就是我。我蛮尴尬的，因为我知道她尴尬，别人尴尬可能令我更尴尬，因为我不知道怎么处理这种情况。

那顿饭还是若无其事地吃完了。如果说两人之间百分之百没有心结，也不会，不想自欺欺人。想起来仍然会不舒服吧，虽然其实也没什么所谓，但当时肯定怀疑了一下啊这个人真当我是朋友么？

当然，都是浮云，都过去了。朋友有很多种，计较了，就还是不很近的朋友。自己或许意识不到，其实在不同的朋友身上，早已不自觉地设有不同的底限。真正的好朋友说什么你都不会在乎，因为真正的好朋友会站在你的角度想问题，她基本上不会说出意料之外的刺耳的话。如果有人说的话确实伤了你，那么不外两种情况：一、她确实不是你的好友；二、你确实不是她的好友。

婚姻是过命的交情

\

\

\

最近在看一本有关前世星宿的书，西藏的。按它的说法，所有人在前世都存在某种关系，区别只在于距离，近中远的距离。我与周围大多数朋友的关系都中近，说明前世渊源都深，今世会有莫名的熟悉感，看来我只和自己看着顺眼的人来往。但偏偏与我丈夫的前世距离是远的。

有藏传佛教徒说，夫妻关系其实是所有缘分中最浅的一种，可能在某种时刻最贴近，但它没有基础。一旦散了，就是最不关痛痒的路人。爱情，如果变不成亲情，就什么都不是了。

总有人问我婚姻该如何经营，弄得我以为自己一直在做一盘生意。尤其是我也并不觉得自己做得好。婚姻关系，不就是众多人际关系中的一种么？朋友之间也需要长期保持友好吧。朋友都不愿意得罪，何况另一半呢？这也是众生平等嘛。

我相信爱情，也相信爱情的消亡。不相信结婚可以把爱情延续，对于爱情是否能够转化为亲情也抱不肯定态度。那么在婚姻中，在家庭中，两人之间应抱以什么感情？

交情。用相声里常爱说的话——那是过命的交情。

出来混，靠的是仗义。交情，比友情更高级更盲目更炽烈。友情里有理智，交情是全然地信赖。当友情面对是非，会客观地分析判断思考，甚至可能会退缩，闪避，前提是安全。但交情却大于一切，在交情这里，没有客观，没有理性，只有为朋友两肋插刀，肝胆相照，无条件地支持。

交情是从友情升华来的。如果有共同的兴趣，才有可能培养出友情，而共过患难的友情，才有可能成为交情。

亲情适合于家庭，但不适合婚姻。注：家庭，指血缘至亲，婚姻是没有血缘关系的。把爱情转化成亲情是可笑的，因为亲情意味着对方是家人，而人是不会与家人谈恋爱的，那叫乱伦。所以我坚持认为，把夫妻关系确认成亲情关系，是不是就可以在外寻找爱情，而爱情结束后再到亲情这儿来舔噬伤口？亲情真的就被珍惜么？谁敢说自己最勇于发脾气的人不是父母兄弟？当然不否认有人就愿意这样，只要双方有默契，外人也不好多嘴。

而我，愿意当爱情老去后，与对方在婚姻里结下交情，在命运中冲锋陷阵，互相掩护，出生入死，能够第一时间弹冠相庆或重整旗鼓，而不是等在家里听信儿，想象对方的不容易，叹息几句，说些事后诸葛的话，做那些隔靴搔痒的功夫。

那才是真正遥远的距离吧。

饭大于局

\

\

\

饭局，多么遥远的一个词。

结婚，搬到郊区，都成为不再出来混的理由。懒得做时出来吃，也是小范围的“熟张儿”。很久没参加大局了，不全然是对结交新朋友没兴趣，而是大局往往吃得不好——结账时一AA，差不多一人才二十块钱，能吃什么啊？总共20人吃四百，一聊天一走神一客气，连难吃的都吃不着。

对于现在的我来说，“吃什么”重于“和谁吃”。越来越理解什么叫“人少，吃点好的”。

最近几个月，我只参与了三个较具规模的饭局：一、赔礼道歉饭；二、生日局；三、我大伯子的画展饭局。三种内容，选择哪三类饭馆，有学问。不要对“吃”不严肃。

赔礼道歉饭要稍贵一点，一来出席者不算多，十人以内，只作证人用；二来因为我是被赔礼道歉那个，点便宜地儿显得我太容易原谅别人，无法起到引以为戒的作用。最后选了“丰悦海鲜火锅”，十个人一千多，赔礼道歉者埋单。一千多，也不能再多了，再多人该觉着要求赔礼道歉是假，趁机讹人是真——还叫那么多人作陪，难道不都冲着“丰悦”最有名的海鲜粥来的么。万一埋单的心里不舒服了，还能有下次么？

吃得很高兴，散后对埋单者说：“其实我还是有一点生气，你应该继续请下去直到我彻底原谅你。”他说：“对，我就是一‘四陪’，陪吃陪喝陪玩赔礼道歉。”

生日局，人稍多一点，十五人以内。重要的是，我生日我埋单。如果地儿点贵了，不是让我生日不快乐么？算算常去的几家，十五人怎么也要一千吧——No，我不乐意，不乐意。

最后，我决定去天津宾馆吃大包子……

生日吃大包子怎么了？陈傻子大包子！各种馅儿，各种物美价廉。不就是地方不那么讲究，有点像职工食堂么？这正符合我低调念旧的个人风格。我打小就爱吃食堂，铁锨炒的大锅饭就是香。当然，天津宾馆的菜不是铁锨炒的，虽然不走细腻，但胜在亲切实惠。结账七百多，happy birthday to me。

不过现在过生日也都够没劲的，完全没有新意，吃完只能奔钱柜。可母们也真想不出来还有什么项目适合十几个人参与的。不，我“杀人”杀腻了。

大伯子的画展饭局，大伯子本人并没参加，去应酬美术界的朋友了。我们这些非美术界的“塔儿哄”，为去哪里吃饭站在湿热的空气里讨论了半小时，最后选了离德山画廊最近的“望京一号”。听名字我心存美好期待，以为是改良家常菜。进门发现是个院子，本来还往“羲和雅居”那儿想，进了屋就起疑了——瞎对付的装修风格很难想象是做出好菜的馆子。

我到得晚，菜已经被别人点了。两大桌人，各种不靠谱，从“老干办”的到搞摇滚的，好多互相头回见。好在每桌都有热情的人，搭不上话的也懂事地埋头吃闷头喝，这比较像普遍意义上的饭局了。

菜真不灵，以聊天佐餐。一贯的风气是，谁不在场，就说谁坏话——活该，让你丫不来。有时坏话的密集度和程度太强，在座无不心惊胆战，觉着以后有饭局还是得尽量来。

后来三乐说玩个游戏吧，叫“shag marry kill”：提出三个异性（当然是不在场的），分别与这三个动作相对应。据说这是外企的外国员工爱玩的游戏，以此了解人际关系。游戏规定marry对象不一定需要shag，而是一辈子朝夕相对那种，而shag就只是性交。

大家一时都愣了，笑嘻嘻的，但谁也不主动玩。还有个不懂英语的喝了点酒，大声问“marry是什么意思”。我说过，这种饭局参与的人互相不一定熟，可能有人觉得他是在起哄，熟人又懒得理，就听他一直问啊问，终于，他边儿上北外肄业的老弛小声嘀咕了一句：“marry就是玛丽的意思……”

我其实怕人在饭局上喝酒，担心没自制力的人闹得大家都难堪。听说现在的局上，站桌上脱裤子已是家常便饭，席中人对鸡鸡晃于前都能做到而色不变。作为一个纯奔“吃”来的饭局参加者，我很不愿意被这类行为艺术败了胃口，在别人眼里也就越来越没什么意思。没事，挺好，人到中年也该拿着点劲儿了，我就是知道疼自个儿。

老三

\

\

\

小表哥是我童年最亲近的玩伴。小时候他胳膊摔了，在老家耽误了治，妗子就带他来北京看病，一趟又一趟，所以上学前我总是和他玩在一块儿。他大我一岁，排行第三，我跟着大家一起叫他“老三”。

因为年纪小，他对自己浓重的口音满不在乎。有一次从外面回来，和我说：“住那边那个娘们儿……”我虽然小，毕竟是女的，觉得“娘们儿”实在难听，长大后才知道他们那儿都这么叫已婚妇女。

老三小时候特好看，浓眉大眼，我老觉得故事书里的小英雄就该长这样儿。他脾气犟，我妈老提起他头上有三个旋儿，然后就会不厌其烦地重复“一旋儿横两旋儿拧仨旋儿打架不要命”。老三并没什么机会和别人打架，可能因为他愣头愣脑的样子和凶巴巴的外地口音，本地小孩一看就怕了。我不怕，很多时候是我俩扭打在一起。常常打得翻脸，大人来各骂一顿，一会儿就忘了。

妗子说有一次我在院儿里，一本正经地捧着本书给老三讲，讲几句还煞有介事地翻页，老三听得也认真。妗子奇怪，因为我上学前一个字不认得，过去一看，书上写的是一回事，我讲的是另一回事。这么看来，老三应该算是我人生中第一个读者吧。

我那会儿就喜欢老家来的人，姨舅家的同辈儿人里，我年纪最小，很得宠。以至于我去考就近的小学时，人家知道我啥也不会，最后只问了一个问题：你户口在哪儿？我想都没想，大言不惭地说：老家，农村。人家就没要我，估计是觉得我智商有问题，不得不去念离家稍远的一个学校。记得到家就挨了我爸一顿好打。

上学后老三来得少了。再来，彼此都知道了男女有别，话比以前少了，更甭提扭打一处。我念高中时，妗子给他相了个对象，但一来觉得年纪还小，二来希望女方多学点文化，就把女孩送到我家，到我念的中学借读。女孩只待了半个月就回去了，跟不上课，口音也实在太重了点，和别人互相听不懂。回去这亲事就没成。

高二暑假北京很乱，我妈让我去妗子家，我正好失恋，揣着日记本就上了火车。住二表哥的新房，每天背个木篓跟着他们去地里随便摘点什么，晚上在院里听远处的火车声数星星。心里也没好受，只是自以为好受点了。我水土不服，身上起红点儿，他们每天都为我专门去买早点，抢着给洗衣服。后来听说我去之前老三很严肃地和大家说了，谁敢对我不好，他对谁不客气。其实他和我也没说几句话。

他结婚时，也和两个哥哥一样带着新媳妇来北京转了转，住哪屋我忘了，反正回去也生了个儿子。我妈说住我哥那屋的都生儿子。我妈对老三尤其好，好像他俩的阴历生日是同一天。老三长大后遇着什么事也爱和她商量。

舅舅妗子觉得得给老三找点事干，拿了钱来北京买了辆二手“拉达”，老三就在县城里开黑车。没开多久就出了事。他没念多少书，不懂法，碰上两个抢劫的包他的车，他只想着自己并没去抢劫，不过是为了养家糊口挣点钱，至于别人干什么，他自己不参与就行了。后来这两个人事发，他被当做同伙也关了进去。妈那几年为这事跑断了腿，四处求人，最后反正稀里糊涂放了出来，算起来也关了好几个年头。我再回老家，看见他还开着那辆“拉达”，已经被公安局的人开得不成样子，还是好不容易要回来的。老三整个人的面相完全变了，小时候的圆脸变长，颧骨突出，像个藏族人。左脸和右脸严重不对称，像两个人的脸拼在一起。小时候他一直比我矮，现在长到一米八几，动作迟缓，吐字也不是特别清楚，就笑起来还和小时候一样。

那之后他一直过得不顺利，和两个哥哥的日子差得很远。盖了两层房，一层出租，二层自住，也租不出什么价钱。妗子一直给他操心最多，所以也就住在他那，但相处得并没小时候那么好，常有摩擦，他也想不出什么办法。前几年回老家给妗子过生日，临走时我嘱咐说，对老三好点。妗子只是抿嘴笑。后来听说还是吵，家里一直不得安生。去年年底老三给我妈打电话，打通了又吞吞吐吐说不出什么，只说姑你回来一趟吧。我们都劝别人家的事不好管。

前天半夜接到妈的电话，说妗子让第二天赶紧回去，问为什么，也不讲，只让给二表哥打电话。二表哥说，老三出车祸了，恐怕不行了。大半夜的，挂了电话我就哭了。我觉得老三太可怜了，除去小时候不谙世事那段时间，他就没过过几天好日子。

我到他们县的百度贴吧去找，还真有人发贴说晚上八点的时候，他们那儿正修的公路上又撞死人了，是撞在公路上的一个土包上摔出去的，还说路障应不应该有明显的标识。我知道这一定说的就是老三了。

我哥带爸妈中午就赶到了，给我发短信，说老三已经死了，下午就火化。下午发来照片，大表哥和二表哥在拣骨灰。一个人，就这么没了。那么突然。我出门的时候看着天，就想，他昨天出门的时候，怎么知道就看不见今天的天了呢。

哥说老三是骑摩托车，躲对面来的大挂车，应该是根本就没看见马路中间黑糊糊的土包，他们那边的路上有没有灯都不一定，就算有，亮不亮也不一定。就撞了上去，车飞出去十米远，他是头落的地，当时就不行了。

我翻学龄前的照片，好多照片里都有老三，表情专注地看着镜头，而我，不是在吃就是在傻笑。那时候谁能想到虎头虎脑的老三会死得那么惨呢。谁能知道死亡是以什么样的形式在哪一个转角突然跳出来呢。

老三……

咱就当是少受点这人间的罪吧。

闲人的居家风情画

高雅或是浅薄，这不是一个问题

\

\

\

我丈夫和老颓去苏州，在拙政园门口，扮高雅状指着大门两边的四个字摇头晃脑地朗读：“疏朗……浅薄……”

老颓颓了，小声纠正说：“淡薄，淡薄。”

我丈夫不以为耻反以为荣，回京后开始练毛笔字，并且只练两个字：浅薄。

终于写出自觉满意的一幅，获得了我的赞扬后，他又举着这幅字冲进明星屋里。明星正在打游戏，死死盯着电视，根本没心思欣赏他的作品。我丈夫顿时很不高兴，就直接把这幅字贴在了电视屏幕上。明星在他身后惨叫：“我从来也没有在你们看电视的时候这样！把它拿走！拿走——”

然后就无声无息了，想来是死菜了。

我有一脸幽默

\

\

\

有时候脑子会秀逗，顽固地唱着某首歌的某一句，一整天都改不掉。一般情况下，如果旁边有人哼别的歌，会把自己带过去，但秀逗的时候就不灵，像堵了的下水道，那歌就一直在马桶里回旋，回旋。

今天唱的是“我有一帘幽梦”。

想来是把我丈夫唱烦了，直问：为什么你有一脸幽默?

错乱与强迫症

\

\

\

我脑子乱全世界都知道，张嘴忘词是我的强项，早老性痴呆是我的病名。

一天，我丈夫要洗澡。我很奇怪他为什么没有拿那个东西，就那个东西，那个什么东西来着。

“你要洗澡吗？为什么不拿布？”

他回过头来困惑地看着我：“浴巾，那叫浴巾。”

噢对。

好像去年也有类似对话。

偶：厨房那个按钮好像坏了。

丫：哪个？

偶：就是那个，那个可以控制灯亮灯灭的那个。

丫：（困惑地看着我）开关，那叫开关。

噢对。

老潘家明明住在大西洋新城，可我每每说成“太平洋百货”，还经常亲热地简化成“太百”。最错乱的一次，我对我丈夫检讨：“我脑子真是坏了，老潘家明明住在太平洋百货，我老说成大西洋新城。”

我丈夫困惑地看着诚恳的我，biang溃了。

除了错乱，我还有轻度强迫症，比如每次上楼梯的时候会数台阶，如果是经常爬的楼梯，知道有多少级的，每次就会倒数……

最近我又添了新的毛病。只要看见那种个性车牌，就是前面三个字母，后面三个数字的，我就一定会把字母假想成车主的名字缩写，给人家起个极不靠谱的名字，然后一边开车一边嘎嘎烂笑。比如前天看见一个gdg，迅速起名“郭德纲”，老全的车是gfr，我管它叫“郭芙蓉”，leg叫李恶棍……起得最得意的是一个叫yzc的，我迅速赐给他一个响亮的名字——丫真丑。

如果不能在十秒钟内起出令自己满意的名字，我就会走神，恍惚，一直惦记着这事，对行车安全非常不利。

有意思么？

\

\

\

偶：你为什么呆若木鸡?

丫：你呆若木鸭。

……

偶：你呆若木猪。

丫：你呆若木狗。

……

偶：你能有点创意么？

……

丫：你呆若木屎。

……

偶：你是猪。

丫：你是猪屎。

偶：你是猪屎里的蛆。

丫：你是猪屎里的蛆里的屎。

……

老友记

家有明星

\

\

\

明星来了

自打明星来我家，生活水平每况愈下，我是说我的。

小时工在初冬的某天不辞而别，不知道是不是被明星的所作所为气走的。

反正有一天当我饿了，到客厅里觅食时，发现明星正斜躺在沙发上，吃着我买的巨贵的玉米片，抽着我婆婆留下的烟津津有味地看我丈夫买的碟。我想起昨天剩的鸡蛋卷，拿过盒子，空了。明星堆出一脸装可爱的笑……

我把厕所里的垃圾篓倒了，因明星在里面流连，未及换垃圾袋便出门，异想天开它没有那么操蛋，但它就是那么操蛋。回家后，看见纸篓是空的，但厕所的暖器上，放着一小团擦屁股纸……质问它，它竟然问："那团纸是干的吗？"

早上它只会出门，而不会顺手把大门边的垃圾袋拎下楼。

它屋门边堆着以公斤计的脏衣服而不洗。

它洗完的衣服挂在阳台上两个礼拜而不收。

它永远不叠被子。

它从来不会把鞋放在鞋架上。

书房的烟灰缸里全是它抽剩的烟头而从来不倒。

现在它还会大声尖叫，直到把嗓子叫哑。比如前天，它要吃饭，自己不做，怂恿我丈夫去煮方便面。我丈夫说你洗碗我就煮，它讨价还价说那你先煮，我丈夫说你先把水池里的那些洗了，它不情不愿地去了。在这期间，我丈夫把拖鞋一只放在它门上。它甩着手回房，然后就开始尖叫，我与我丈夫无声地相视而笑，而它在房间里叫了五分钟。后来我问，你叫什么，它说，拖鞋砸在脑门上，差点把眼镜砸掉。

书房旁那个洗手间的灯坏了，灯泡一闪一闪，它便不肯开那个灯，而把楼道里的灯大开着。开关在楼道里，我丈夫看不顺眼，把楼道的关了，厕所的开了，它便在里面一直尖叫到大便结束。

十分刺耳。

这些都不算什么。真的。

新年前一天，它对老颓说要去东方广场，老颓问它干什么去，它说，给“义夫义母”买礼物，“义夫”……

再前一天，我在别处住，它说，半夜我丈夫接了一个电话，然后翻身问它——“翻身”……

明星是我“网龟”（网友发展成的闺蜜），去年夏天成了我家房客。

灵异事件

夜，有异象。月如巨大木梳，又似一牙儿豁大西瓜，悬于车前，越来越大，越来越低，越来越亮。不由困惑问我丈夫：“月亮打哪边出来？”

丫疑惑：“似乎依据不同季节，打不同方位出来，也许冬天就打西边出来。”

两个笨蛋摇头晃脑，两副无所不知的样子。

进家，我犹在门厅换鞋，我丈夫于厨房门口惊呼。狂奔而至，只见明星披头散发伫立水池前——洗碗——从我立足处望去，窗外那牙儿明月清凛异常——月亮敢情真是从西边出来的！

真是不能相信也不敢相信我之双眼，不禁踱至明星身旁观察其表情，但伊端的十分诡异，我踱至丫左，丫头转向右，我踱至丫右，丫头转向左，我与我丈夫围其左右，丫头死死低垂，满脸表情尽遮于打绺儿长发间。

我问："是看了我的控诉令您良心发现吗？"

丫贞子般的发帘下发出冷冷一声："放屁。"

半小时后，厨房依旧水声淅沥，我不由再度困惑问我丈夫："多少碗要洗so长时间？"

丫疑惑："丫可能听到表扬，就又洗了一遍。"

我心下不安，起身至厨房门前望去，丫仍在水池前垂首洗碗，但so诡异的事情出现了——不过半小时，那巨大木梳豁大西瓜样的月牙儿已从西天消失，踪影皆无，任我于窗前向各方位跳脚寻觅皆不见其踪——难不成明月也为明星之洗碗革面的行动感动找没人儿地哭去了？

困惑ing。

原来明星洗碗，竟要倾洗涤灵于百洁布/被洗器具/水中，成本高昂，一次半瓶，人小手大，绝不节约。

另，水池旁的洗衣机竟也在隆隆转动，要不是夜已深电梯已停，我真要上街去奔走相告——明星洗衣服啦！明星洗自己的衣服啦！

讨厌大王

一天，正埋首于低智游戏“埃及祖玛”的明星突然假装若无其事地说：“其实，你可以写一些我正面的东西。”

人们不禁要问：“你有正面的东西吗？”

明星想了片刻，说：“如果挖掘一下，还是有的。”

还真是有的。

比如，明星是个温顺的孩子。

去年它刚搬来时，我丈夫还住在剧组。我就对明星说，反正家里就我们两人，它洗澡的时候只拉浴帘，就不要锁门了，因为我可能要进去洗脸刷牙或者化妆。它欣然同意。

一个多月后，我丈夫回来的当晚，大惊失色地奔进书房结结巴巴地说：“你能不能和那孩子说说，让它把洗手间的门关上？”

我一瞧，我靠，明星依然大开着洗手间的门洗澡，水声哗哗，听起来十分愉快的样子。而浴帘上清楚映照着的它娇小的身影也表现出洗澡的种种舒坦……

明星还很维护我们。我们的朋友相处之道是互相侮辱，而明星肯定会替我们说话，阴阳怪气地讽刺讽刺我们的人。有次把石康讽刺急了，骂道：“这孩子完全是你们夫妇靠不收房租而豢养的一条狗，一听见有人骂你们，就汪汪汪地蹿出来咬人了。”此时，明星脸上挂着得意的笑，比石康表现得有涵养得多。

朋友中，属老全的抗挤对能力差，慢慢累积着，终于某夜于老颓家爆发，颇说了些无聊话，比如他的朋友都不理解他为什么要和我们来往之类。一时气氛尴尬，大家都沉默下来。老全抒发完郁闷，看大家不语，可能以为伤着我们了，有些后悔，想缓和一下，就胡乱找了个话题："听说CD新出了一款香水……"

这里要注释一下，老全是东北人，东北人的一个显著特点就是无论走到天涯海角，多多少少还带着家乡口音。比如在以上这句话里，他就把C发成了"吸"的音，CD就成了"吸地"。

沉默似乎更加沉默，虽然我们心里都乐开了锅，但表面上都一副什么都没听见的样子。这时，就听见明星犹豫但清晰的声音："什么'吸地'？还'拖把'呢。"

后果既不堪设想又可想而知。

第二天三人出门，等电梯时，明星突然迸出一句："讨厌三人组又出动了。"

从此，江湖就人称我们是"讨厌三人组"了。而明星，是我和我丈夫推举的"讨厌大王"。

AV女星饭桶爱

一个人出来行走江湖，总要怀揣独门暗器。

明星可不是盏省油的灯，刚搬来时，我们那些平时只爱外面混的光棍朋友突然间喜欢深夜造访，并且屁股很沉，死活不走。招男的喜欢不算稀奇，难得的是，它还取得了我周围一众"三张儿"妇女的青睐，那都是眼里不揉沙子的厉害角色，最烦和笨人说话，可竟然踊跃为明星牵媒拉线，拉的还是自家亲戚。

明星的独门暗器是娘胎里带的，那就是它的脸。不是说它长得多么天香国色，那太庸俗了，再说女的可不吃这一套。明星要的是“幼齿”范儿，翻译成普通话就是“死三八装可爱”。

“幼齿”范儿并不好耍，想要但没那个条件弄巧成拙为老黄瓜刷绿漆是要遭人鄙视的。明星天赋异禀，面相极嫩，一般人认为它是高中生，眼神最不济的曾把照片中的它猜成四岁。它深知自己优势，说话也故意采用“娃娃声”，剪参差不齐的幼稚发型，未说话前先眯起双眼堆出一个大笑容，穿衣打扮及喜好均十分卡通化，但抽烟的架势像极不良少女，煞是突兀。

一次，它抱怨工作好辛苦，不知道什么时候才能过上衣来伸手饭来张口的日子少干活多拿钱甚至不干活也拿钱。三乐马上针对明星的自身特点制造出行销方案，建议它做中国内地第一代AV女优，就算一万个人里只有一个变态，但架不住咱们国家人多，它的“幼齿”范儿配色伯伯（一定要念“百白”）AV带一定会有很好的销路。

大家一致认为这点子很得，我为它取了个响亮的艺名——**饭桶爱**，我丈夫帮它选了头三部小电影的色伯伯：大仙，张弛，狗子，因为他们长得实在太奇怪啦，和明星的幼齿搭配会有触目惊心的效果。这个主意当夜便由MSN传遍朋友圈，他们不好意思请缨出演，但纷纷要求投资参股，条件不仅是分红，还兼买拍摄现场第一排沙发和第二排板凳票。

大家狂笑狂设计的时候，明星撇着嘴坐在一边不吭气。大家教育它，不就是好逸恶劳吗？没有比这个更轻省的啦，再说三级片也不一定露点啊，三级片也可以拍得很艺术滴，就像艺术片也一定要有三级内容一样。还参加什么超级女生？**饭桶爱**不比超级女生牛逼吗？不但红啦，轻轻松松挣大钱啦，还会有很多男性崇拜者啦，被人狂追得没地儿躲没地儿藏啦，再也不会被人甩啦，吃香的喝辣的可神气啦。

相当悲惨却有情趣的生活

偶：你今天穿鞋上班了吗？

丫：穿了。

偶：穿的哪双？在哪找到的？

丫：垃圾篓里那双。

偶：别的呢？

丫：别的还没找到。

以上为我与明星在MSN上的一段对话。

它是一家很高端的广告公司里很低端的白领，月收入惨不忍睹，但饶是这样，它仍然疯狂地追逐名牌，比如它是fcuk的追随者，用clains的洗浴系列，喜anna sui的香水，酷爱苹果电脑，问题是它根本买不起，但为了满足自己的虚荣心，它狠狠心一咬牙一跺脚，分期付款买了最烂的一款。但，再烂也是它心爱的“小白”啊，为此它每天望夫般等着这部反应巨慢的烂电脑启动，打开文件，掉线，重启，心甘情愿在等待中浪费着短暂的青春。而昨天，它又花130块钱买了一个hello kitty的指甲刀。我丈夫很看不惯它大手大脚的行为，怒道：“130块！可以买你一辈子的指甲刀了！”（我丈夫越来越像长辈了，我爸当年也是这样训我的，可当年我用的是什么护肤品？大宝羽西fa！）

一天，鞋架上静鸡鸡多了一双dr.martin，靠，多么贵啊！我丈夫就把明星所有的鞋都藏起来了：装方便面的盒子里，阳台的杂物柜里，门后的废纸袋里，书房的垃圾篓里……总之，都是些很需要动脑筋的地方，于是，本文开头那段对话诞生了。

前两天，门口又多了一双难看到古怪的鞋，球鞋，平底，但鞋面上缀满了黑色的珠片（我每看到那双鞋，都会情不自禁地唱“啊啊有谁能够了解做舞女的悲哀”）。我丈夫一看就烦了，顺手又给藏了起来，但因为只是想给明星一个教训，所以并没费心去藏，只放在一个很好找的地方。

第二天，我们发现明星没有穿这双鞋上班，以为它那天穿的衣服和这鞋不搭。谁知下班后，明星苦苦缠着我问：“又把我的新鞋藏哪儿了？”天哪，怎么这么笨？脑子不好使，难道眼睛也不好使吗？

首度出镜暨宣布息影

之前与明星的朝夕相处，让我能够渐渐了解它的点点滴滴。比如，它曾经是个神童，念小学的时候跳过级，天生具备商业头脑，三年级起就知道把听腻的十元原版磁带六元卖给同学，它还严谨地补充："尽量把不要的东西卖给同桌，因为那样它等于还属于你。"它举例说明，把橡皮钢笔等日常学习用品卖给同桌后，想用的时候尽可以拿过来用，慢慢同桌就会模糊记忆，不再同桌时就忘记拿走这些曾付过费的东西。

它得意地说起最牛逼的业绩，是卖过一个保温筒。当年它每早要去练舞蹈，怕赶不及就会把早餐装在保温筒里带到舞蹈室，一天，保温筒丢了，家里又给它买了一个，但它在找到原来那个之后，并没有告知父母，而是顺手把它卖了。

在这个故事里，我注意到的是，它——竟然从事过文艺工作。

于是，本着节约成本的原则，我们找它出演《青春期》的女六号（那个角色小到能数出号来相当不易）。

得知可以出镜后，它内心相当雀跃，但表现出一副忸忸怩怩。比如最开始它一心以为女二号非它莫属，让它展现才艺时相当推托，说："我只会跳《沁园春·雪》。"大家说那就跳吧，它又蹲在沙发上哼哼唧唧。确认那个角色由浦蒲出演后，它慌了手脚，坏心眼地问："田原没有档期吧？如果她演不了，浦蒲是不是可以演女一号，我演女二号？"

得知只有没有名字没有台词仅一场戏的女六号可演后，它开始丧心病狂地设计抢戏，加台词。曾在电影学院任教的俞老师还指点它："没词就没词，一开机就说话。"什么老师啊这是。明星开始疯子般在人前表演："呀！（遥指）我的鞋带开了！（思索）那，我要不要系呢？"试妆前还装模作样地问："明天是有我的通告吗？"真想一巴掌把它拍死。

我丈夫一直对它十分鄙视，试妆后更加鄙视："它那么矮，只到宋宁的腰，远远地看，倒像宋宁骑着它过来的。”自此明星睡觉的时候暗暗磨牙，像是在吃人。

终于，它的戏份儿拍完了，大家夸奖它演技相当自然，它心下暗喜，表面上却毫不在乎似的：“虽然我的起点蛮高的，一拍戏就是胶片。不过，今天首度出镜的同时我也要宣布息影了。”它自我催眠这是中国电影界的损失。

但私下里，它偷偷对我自荐：“我觉得我演戏一点都不紧张，你下个戏的女主角可以找我。”

噢，它还要求自己的名字出现在“友情出演”中，我说那不可能，最多是“参加演出的还有”，自此它睡觉的时候像是在吃两个人。

同舟共济

自从我去大连几天，明星就开始时不时来我博客滋事。最早是化名“你家保安”说电卡坏了，等我来修，这令我很不爽，我不认为房子租给它后，还要一直负责给它擦种种屁股——怎么一点自立能力没有？如果电卡坏了，它可以去找物业，找房管所，虽然我们的老房子没有专业的物业公司负责，但楼下有个传达室，有专人每年收二十多块然后帮助解决一些常见问题。它去找他们不是更方便吗？为什么要扰远在大连的我心呢？

况且，对待一个拖欠两月房租的人——我为什么要管它？！

它总是哭哭咧咧地说：先住后付吧……这个月本来要涨的工资挪到下月发了……身上还剩三十块……手机欠费停机了……我就很奇怪它是怎么搞定小时工的，因小时工每天要给它打扫屋子，做一顿饭，它有钱给人家吗？

它得意地说，没给。

因为每天早出晚归，它与小时工基本上互相见不到，只能在一个小本本上沟通。它解决欠款危机的方法十分直接——在小本本上留言：现在我没有钱，但我会给你的，非常时期，我们应该同舟共济。

做人不能无耻到让小时工和你同舟共济这种地步！

在捉襟见肘到蹭小时工的饭的残酷现状下，它仍然保持着一贯不羁的消费方式，有朋友在淘宝上开了个店，专卖宫崎峻和奈良美智相关产品，作为漫画迷的明星，不甘人后地预购了一条《天空之城》中的“飞行石”项链，那条链七百多块，它还另外买了一个五百多块的烟灰缸，至于钱，全部许诺到下月发工资时给。眼尖的三乐发现还没两天，那条链便戴在了它同事的脖子上，骂道：“还钱！还人家钱！这个小浑蛋老毛病又犯啦！转手就把项链卖给别人啦！”（由同桌卖到同事，它成长了）群众雪亮的眼睛都在监督着它的一举一动，让它在光天化日下无所遁形。人缘啊人缘，真够次的。

终于那一天，它交房租了。慷慨地请我吃了泉水牛蛙，看了电影，我们两个在东方广场游荡，看到对方，都很心安，都觉得有对方垫底，自己不是世上人缘最次的那个。

泥鳅也是鱼

有一天，明星说要文身，问为什么，答认尸方便。这种敢于灭自己的态度深得我心，将来大家如果见到身上有此图案的盲流，请与我联系，谢谢。

对于什么人喜欢文身，我很好奇，因我自己是绝对不会的。疼在其次，主要是文时容易去时难，患得患失瞻前顾后如我肯定文不了。多年前认识一个女孩，那时身上已有八处文身十几个孔，她说文身打孔都是上瘾的，隔一阵就会想念那种奇特痛感。当时她正在盘算在后背上下两排打16个孔，戴上8个银圈，再从银圈里交错穿一根红绳打个蝴蝶结……我非常地佩服，非常地。这些年过去，不知她有否实现所想。

后来知道她是因与深爱的男友分手，才会去文第一个图案，从此每当心中痛感来袭，就要肉身与之配合——那么是谁伤害了明星呢？

有一天，明星的MSN名字改为“金鱼教”，问为什么，答文了一条金鱼，我看它传过来的图，很诧异。我好歹也是养死过金鱼的，但实在不能辨认图里这个玩意是什么，小心地说，看起来似乎更像乌鱼。它顿时很不高兴，金鱼金鱼金鱼。后来我才知道，我的眼神算好的，我丈夫就把那玩意认成了京巴，老全认成了驴，还问马身上为什么要文驴？小查说怎么也看不出哪是头哪是脚是不是外国食人花？总之它文了令人想象力激荡的东西。

终于，我亲眼见到了那玩意，如果一定要说是金鱼，只能说不咋的——它更像是泥鳅（当然很不像驴，那些人的眼睛和心眼都坏了）。大家问它为什么文成黑的，它说本来想文蓝的，但文身师傅粗暴地说蓝的不好看必须文黑的；大家又问为什么文这么大成了金鱼精了，它说本来没想文这么大，但文身师傅粗暴地说小的不好看而且文大了也没多收钱还算卖它个人情；最后大家还是忍不住问为什么文这么难看的鱼没好看的图案吗，它说本来挑了别的图案，但文身师傅粗暴地说那个不好看要文就文这个——说您还真是个随和的人。也是，现在只要说想看它的文身，它不分场合二话不说就撩衣服，这年头儿这么好说话的人真是不多见了。

说回文身的目的，明星一口咬定就是为了好看，可现在这个玩意真的很有碍观瞻。还是小查聪明，偷偷问我："它现在是不是经常撩起衣服给别人看？"我说是啊。小查说："看来这才是目的，文身只是个借口——是从领子一直拉下来吧？"

说真的，好久没佩服谁了我。

明星改名

一个人，在什么情况下会表现得很风骚？得意扬扬？说好听点是满面春风？**春**？还**疯**？

现在的明星一反从前小鬼般的阴郁，每天走路蹦蹦跳跳，说话含嗔带怨春意无边。直到那一夜的饭桌上，它的身边悄然出现了一个人，一个男人——明白了！

第二天，明星突然含嗔带怨地说：你丈夫又在对我进行**气质性侮辱**。随手拷过来一些聊天记录——原来我丈夫夸昨晚那个男滴温文尔雅，明星不服气地说难道我不温文尔雅么？我丈夫说你不但不温文尔雅你忘了你是垃圾孩么你配人家基本上是高攀了真不知他怎么想的真是替他捏把汗。明星很得意地说对方可不这样认为，我丈夫说我去和他说说他就这样认为了。

我只是很纳闷：什么叫**气质性侮辱**？

就是**侮辱我的气质**！明星振振有词地回答。

太长见识了！

老全不屑地说：现在好多人都说自己有气质，真不理解。就丫那个垃圾孩气质，人们经过它的帐房都要回头留恋地往丫脸上扔果皮。

我丈夫说：对。左边扔一个，右边扔一个。

老全又问：马气质最近如何？吃得饱吗？

从此，大家就管明星叫马气质了。

那夜的男滴把马气质的照片发给远在异乡的前上司瞻仰，前上司问：这人怎么这么眼熟？这人是否认识三乐赵赵？这人不会是家有明星的明星吧？

此男滴biang溃了。

让我生气的是，明星马气质，现在居然也有粉丝团了！它的粉丝团居然还有名字！叫“杏仁”！

因为它人缘很不好，有群众提出，“马明星”的粉丝团，当然应该叫“马屁”。马气质风骚地回应：嫉妒吧？现在就有文案帮忙起好名字了。

纳兰最近心情不太好，出于绝不是失恋的原因，马气质跳出来伺机报复，宣布成立“安抚纳兰委员会”，简称“安娜”，自封委员长，会费10元/月——多么风骚！多么，多么的风骚！一边风骚一边赚钱，简直要气出人命了。

大家都很看不惯它那个鸟样子，群策群力中。……

PS.我也客串一回文案：马气质的粉丝团，应该叫“痔疮”。

股疯时期的秘密

全民皆股，明星也动了心。听说大哥（等于“老全”）人称“股神”，明星不计前嫌期期艾艾地问：“大哥我能跟你飞苍蝇么？”

东北人听不懂：“飞什么？”

“我能跟你加一磅么？”

股市狂跌，我丈夫告诉明星这是入市的好时机，赶紧把钱交给大哥。明星犹豫了一下，问：“如果我给他一万，下月他能给我两万么？”

我丈夫简直不能相信自己的耳朵：“疯了吧你？你被臆想狂石康传染了么？你和他干什么了？说！”

“靠。”明星答。

大哥这么稳重的人都疯了，继石康成为电视剧专家后，大哥成了经济专家。一周前他推荐了一只ST股，神秘兮兮说马上就涨，两天后不幸跌停，继而停牌。问他这只股票前途如何，大哥沉吟良久，目光坚定：“会出现两种情况，不是暴涨，就是暴跌。”

我能想到最浪漫的事

男星和女星登完记，长抒两口气，坐在车里点上了事后烟，似在暗暗咀嚼合法后的欣慰。唯一全程见证的我坐在后座，觉得应该说两句吉祥话，遂指着路边相携走过的一对白发老夫妇说：

“以后，你们也会变成这样。”双星循声望去，然后，那个老太太就吐了……然后，老头儿就过来，隔着车窗管我们要钱，说给老太太买药。

红旗下的二蛋

\

\

\

Do you want some money?

测算显示，我和二蛋，以及蒋哥，以及狼媳，是一个宿的。介说明瞎米捏？介说明，我们彼此交叉感染的某一前世，可能是同一个人，或双猫胎。

在“傻”这件事上，你说我服过谁？可我就服二蛋。前天打牌，二蛋坐我斜对面，目光交集时，二蛋把右手食指和大拇指分放到眼眶上下，见我诧异，突然两指一扒，把大白眼珠顶了出来。我吓一踉头，质问丫要干吗。丫说：和你打个招呼。

二蛋本来是水晶的盆友。因为去年冬天我输给水晶一根台球杆，它见我出手竟如此阔绰并言而有信愿赌服输是个很高尚的人，嚷着“我也要和赵赵做盆友”混了过来。从此，我不再是输得最多的那个，一切都有二蛋垫底。对它来说，输三百无关痛痒，输一百要请客吃饭，如果赢八十那可是挣了大钱了第二天就递辞职报告要专业改打麻将。二蛋与生俱来的自我糟践性填补了明星结婚淡出江湖后的娱乐空白。水晶提醒我一定要和二蛋搞好关系，不然我又成了最傻的……

二蛋毕业于北郊服装农场，穿衣打扮很有想象力。台球厅里露着1/1腰和1/2屁股把球直接打地上的揍是它。它的特点是力大无比，日本友人都亲切地叫它“有劲儿没处使”小姐。作为一个时尚编辑，它经常出没于高雅的场所。一次它假装狠有身份地去某英文服务的餐厅高级一下，对着菜单一通乱指，结果上了一堆水果和蛋糕，它借力打力随机应变，假装其实就是去喝下午茶的。结账的时候，经过慎重考虑和对初中英语的深度回忆，它很稳地对服务生说：

Do you want some money?

我也不知道它是怎么离开那家餐厅的。

队伍不好带了

自从有了二蛋，队伍的平均智商值被急速下拉。一个它，一个明星，“二蛋一星”，非常闹心。

最近它俩都有疲惫的迹象，说工作忙，累，休息不好。

二蛋羡慕地说，VOGUE的员工听说都拿美金，可惜它的英语不好。我说您那个英语……还可以啊……它有点自卑，说连谈薪水都不知道怎么讲。我说，按你那个句式，应该就是do you want give me how much啊。它思考了一会儿，认为不对，然后给出一个自认为对的答案：money，how to give me? 并补充说，同时手要做捻钱状，以肢体语言辅助说明。

明星老公出差一周，它浪得很。别人问它丈夫在哪里，它往上指：在天上。

意思是在飞机上。

有天我起早去体检，八点出门，堵了一个半小时才到东方广场，深感明星作为上班族的不易。它说是啊，然后咨询我丈夫：我还能做什么别的工作你觉得?

我丈夫严肃地思考了一会儿，严肃地回答：我觉得你还可以吃屎，一定会吃出名来的。

文艺小青年儿

二蛋的内心，其实是非常细腻的。而且，很平坦。随便一写所看所感，就极具大仙形容的“我很二，但有一说一”的风格，文艺却又朴素，竟然还隐隐透着旧式文人劲儿：

天气凉起来了，我很喜欢。

原来住胡同的时候，我最讨厌秋天和下雨。搬进楼里这一年，我开始喜欢秋天和下雨。

有一天，我回胡同，突然发现现在喜欢下雨的原因。

在楼里，下雨是一种背景和道具，你只看到它的好。

在胡同里院里，下雨会妨碍到你，从这个屋走到那个屋，脚上、头上、身上都滴答上雨水，它会麻烦到你。

——二蛋

石康

\

\

\

表扬信

从前，我很不理解为什么有姑娘喜欢老康，他嘴那么欠，牙那么黄，长那么丑，行为举止那么不得体……

But今天，我必须承认，世界上没有无缘无故的爱也没有无缘无故的恨。

这个“十一”，为了让盆友们像他一样积极开展体育运动，他自掏腰包每天订两小时的网球场地和教练。这倒不算什么，可贵以及可怕的是，因为担心盆友们依然不来，他还给大家一天做两顿饭！做完西餐换中餐，早上七点就去旁边超市买牛奶买面包，整个超市就六块儿没腌的牛排都让丫给买了！

第一顿饭的第一道菜是沙拉。这可不是普通的沙拉啊盆友们！这是金枪鱼沙拉，土豆沙拉，以及金枪鱼土豆混和沙拉啊。然后是牛尾汤，然后是烤面包三种，然后是煎牛排。三人份。

晚餐第一道是牛尾汤，然后是法式酸奶沙拉，焗羊后腿肉，焗带鱼，炸牛肉蘑菇虾饼，配烤法棍儿。五人份。

第二天的午餐是牛尾汤，金枪鱼沙拉和蔬菜沙拉，牛排。九人份。并许诺明天做中餐。

我感动了。真的感动了。这不是逼着哥们儿必须天天起大早儿黑着眼圈儿跨越三个环线准点到达网球场才算对得起他么？

一个东高地人，不远万里来到城区，把盆友们的身体当做他自己的身体，毫不利己，专门利人，这是什么精神病啊不精神？

他管给盆友做饭叫“展示才艺”，说：“以前混姑娘，程序就是先接来，带去买两身衣服，逛超市买点零食，再买菜，回来给她们做顿饭，然后办事儿，然后送走，最后连名字叫什么都他妈不记得了！还是做给盆友们好！”

上个月他在酒吧认识一女孩，没两天给人从头到脚置办了网球帽，网球服，网球包，网球拍，网球鞋，上了两节网球课，然后就没再来往了。可贵的是，没有办别的任何事儿！这是什么精神病啊不精神？

出于绝对不是吃人嘴短的原因，今天我破个例，我要对他改观，去除成见，无情赞美一次。

最后，我还要表扬教练。能从这一班学生里一眼看出我是天才，并寄语“如果早练十年冠军就是你”，我狠欣赏他的眼光。

石奋斗

自从去年十月，石康看不惯朋友们提前进入老年生活而自掏腰包包场地请教练学网球后，我丈夫打出了严重到无法入睡的颈椎病，我的右脚得了一走道儿就疼的“网球跟”。我们都非常感谢他。

这就是朋友。朋友之间只看出发点。虽然结果不尽如人意，但他的出发点是善意的。进入冬天后，随着《奋斗》在北京的热播和网球事业的无以为继，我们见面的次数越来越少，但听说他最近又把网球恢复了，以保持体力能够长期有效地磕大事儿。

我已有两次活活被他循环往复的电视剧生意经说睡着，上一次还是被旁边人的鼾声吵醒的——说倒一大片。他现在就像一自动答录机，每天一睁眼就开始播放，还不插电。据他说同样的话一天要说二十遍，怪不得谈吐越来越书面越来越流利，以前偶尔的口吃也不见了。石康的优点就是体力好，别人要亢奋到这种程度就崩溃了，他不。他说一天就睡四五小时，工作十四小时，根本没工夫见姑娘，就为了给中国编剧闯出一条商品化的道路。我觉得他很不容易，可能有人觉得他天真，他说的内容是不可能实现的任务，但世界上有很多新鲜事物最早都被认为是不可能的。也许呢？也许。我不一定支持他的观点，但作为朋友，总希望他越来越好，过上他想要的生活。

关于他的电视剧生意经，我帮他总结出一篇《大腕》编剧版——

一定得选最红的演员，雇张艺谋当导演，拍就得拍档次最高的电视剧。发行直接全世界，最少也得覆盖北美大陆。什么奥斯卡啊，诺贝尔啊，格莱美啊，能得的奖全给丫得了。汤唯来女一号，周杰伦当男主角，没在国际上得过奖的导演顶多在毋们这组当一剧务，围一腰包，特哈着那种，编剧一进门，甭管有事儿没事儿都得跟我鞠躬说：就指着您赏饭了康爷。一口地道的北京南城口音，倍儿有面子！女一号必须跟我潜规则，还得倒贴，一年光置装费就给我户头打好几万美金。组里再给我准备一"尖果儿"团，二十四小时候着，就一个字儿：细腰！全得一尺七以下还不包括一尺七的。这帮笨蛋男演员不是开宝马就是开奔驰，我要是不换车就开着这捷达，我都不好意思跟人家打招呼！你说我这么牛逼的编剧，一集得开价多少钱？（我觉得怎么着也得两万美金吧）两万美金？那是骂人！四万美金起，你还别嫌贵，不但不打折，还得加20%分红！你得研究影视公司的投资心理，愿意掏两万美金找编剧的影视公司根本不在乎再多掏两万。什么叫一线编剧？一线编剧就是接什么戏，只接最贵的，不写最好的。所以，我们写电视剧的口号就是：不求最好，但求最贵！

石康做这一切的动力到底是什么呢？最初他说是为父母，这样的理由让人无法异议。后来他又说，为了我们将来的“养老院”。他一度担心老了以后找不到老婆乏人照顾，为此甚至想出了娶保姆的办法，还说要找两个保姆，让她们竞争上岗。现在他要给大家办一个最好的养老院，什么都不操心，见天儿就管“棋牌乐”。厨子最少两组，一组川菜，一组粤菜。因为要办养老院的同志有很多，难免会产生竞争。为了把朋友们拉到他的养老院里，他现在就开始积极磕大事儿挣大钱作准备——人太好了。

伴侣当然应该尽量找志同道合的，以将冲突尽可能降到最低，但朋友之间无须价值观相同，求同存异就好。所以尽管现在我和石康越来越没得聊，但依然希望他的梦想能够成真。

大哥

\

\

\

大哥：我当年在东北，都是别人搀着走。

三乐：（关切）为什么？你腿有什么毛病？还是让谁吓得站不直？

大哥的本意是，因为他是大哥，人们为了表示对他的尊重，才搀着他走。

大哥要焕发青春，开始踢足球。踢了没几场，自觉很了不起。

大哥：三乐，你戳我大腿肌肉看看，结实不结实？

我也戳了，果然，硬硬的，还在。

三乐：（关切）你怎么了？抽筋了？

大哥全勇先被张弛叫成“泪如泉涌先生”，佳木斯人，韩侨生（韩国华侨生的）。

大哥刚来北京时不知道这儿的水有多深，待人接物极其客气，常挂在嘴边的词是“讲究”，自称“大眼睛双眼皮一看就是讲究淫儿”，一批评谁就说人家“不讲究”。

相处的时间长了，大哥看出这帮都他妈不是讲究淫儿，互相不但不扶持，还往死里灭。大哥很失望，私下和我说：这石康，要是在东北，早死了。问为啥，他摇摇头：不讲究，让人砍死了。

不过在面儿上，大哥仍然坚持着客气。直到有一次喝醉，真情流露，整晚抱着钱袋子来回来去唱一首歌的一句：我不做大哥很多年——从此大哥。

张咔嚓结婚

\

\

\

凌晨三点，强迫自己睡了。七八点的时候饿意上来，想想再过几小时就可以吃香的喝辣的可神气啦，翻身又睡了。

因为咔嚓结婚，我平生第一次走进建国饭店。昨天问一同参加婚礼的人：到底是建国饭店还是建国门饭店？她说，就长安街上一堆平房那个。

1997年做“天籁村”，有一期想拍入学新生，朋友介绍刚考上中戏戏文系的咔嚓，她热心地领我们去教务处，小学生似的站在门口，愣头愣脑但毕恭毕敬地冲里面喊着“老师！老师”，真的想不到多年后竟然会参加她的婚礼。哎呀孩子一转眼连你都这么大啦。

2001年做《希望》杂志，有一期的选题是女编剧，我想找的几位女编剧推三阻四，都先打听除了自己还有谁，一听到有某某就都婉拒了，唉，文人啊。我灵机一动想到一面之缘的咔嚓，竟然没费什么力气就找到了。没见面，电话里她说刚毕业，要去香港玩，至于剧本，没写过什么正经的（后来我在一个巨恶的情儿喜《××的×计划》里看到过她的名字）。快递过来的照片上，她在香港街头傻笑，几乎没有变化。

再见面是2002年的网友聚会，她是众人中很醒目的一个。小个子大嗓门，稍显缺，但很逗。我一直以为她的傻气是为求一团和气而装的，但几年下来才明白不是，不可能有人能装那么久，最重要是她也没做到一团和气。她告诉我中戏四年教会了她两样东西：1. 绝不写剧本为生；2. 绝不与演员做朋友。中戏的教育真失败。

当时咔嚓管老颓叫哥，我正与老颓互相臊着，不能直接骂到他，就拿咔嚓撒气。咔嚓是那种基本上谁也说不过但特别爱说所以很受欢迎的人，我理解就是想在这种挨挤对中提高自己做人的涵养和讽刺人的境界。知道她也经过了一些事情，但面儿上一点看不出来，说话行事娱人娱己，大情大性。婚礼当天尾声，轮流与新人照相时，她极高兴地说“从来没这么抢手过”，然后伸手就维持起秩序：“排下队，都排下队。”

女方代表说起一次在三里屯听歌，看众人都献花给漂亮女歌手，咔嚓看不下去，就买了花让旁边的男士送给不漂亮的女歌手。女方代表夸赞，咔嚓就是这样亦正亦邪的人。其实作为一个同样姿色比较深的人，我很理解咔嚓，这就是只要人人都献出一点爱世界将变成美好的人间的将心比心。

咔嚓与明星一度交好，后来疏远了。也说不上来什么原因，其实在我眼里，她们都是极可爱的人。咔嚓较比明朗，明星较比冷淡，是小刀子悄悄飞过去的人，咔嚓那种性格，属于听不下去就直接拿菜刀把自己砍了那种。

咔嚓的老公叫小熊，是领导给介绍的姐弟恋，对她好得不行，典型的有理有面儿的北京男孩，家里家外操持得妥妥帖帖，非常正常的一个好人。以前我一直以为正常人离我们很远了，尤其又是中戏出来的，居然嫁了正常得简直不正常的人，这实在太不正常了。但转念又能明白，真正的幸福就是这样平常吧。如果憋着成为传奇女性，要付出多少青春自尊心血眼泪，绕来绕去到最后还不是要一份平凡的幸福。干吗呢？人生so短暂，早一天得到幸福不好吗？所以从这一点看，咔嚓是个很明白而踏实的南城姑娘。

风吹那页、

《第八日的蝉》

\

\

\

三儿只想去看看情人的孩子。一看之下，就再也舍不得放下。

她带着女孩隐姓埋名四处逃窜。那个年代户籍制度不完善，得以几次绝处逢生，直到女孩四五岁，才被警察找回父母身边。女孩长大了，重蹈的不是亲生父母的辙，而是一直被称做“那个女人”的人。但她没有像那个女人那样把情人的孩子打掉，而是去了和那个女人分离的小岛，决定把孩子生下来。

不很复杂的开头，平静恰好的叙述，似乎和那个女人一起奔走和思考，面对各种人和问题。该不该跟陌生的大婶回家，该不该投奔非法的宗教组织，一路奇遇，丝丝入扣的无力感，随波逐流只为流入没有人追查过去的普通生活。就是那样爱上了那个孩子，想和她在一起，却最终因为被人把她们高兴的样子拍成摄影作品登在报上而被发现。

蝉在土中七年，破土而出后却只能活七天。但若有一只蝉跟伙伴不一样，独活了下来，那么她感到的是孤独和悲哀，还是看到崭新风景的喜悦呢？

最后，女孩在码头等去小岛的船，候船室的长椅上只坐了一个大婶和一个把纸箱堆在脚边的大叔。女孩突然想起那个女人被抓的时候喊，那孩子，还没吃早餐呢……我就要哭了。

女孩上船了。长椅上只剩下大婶，看着怀孕的女孩背影她想，能在那个岛上生孩子，是多么幸福啊。她含笑行礼走出候船室，越过人行道，走向回公寓的路途。愿你能走出愚昧的我带来的痛苦，愿你的日子永远充满阳光。

后半部分的叙述时而是女孩的视角，时而是那个女人，没有隔行，直接切换跳跃。并不觉得结构突兀。这样的叙述让人感受到她们命运虽未重叠，但在接近。流畅而紧凑，没有不自然，就稍愣了一下，随即接受了这写法，觉得结构与故事结合得很好。

最近看过的最好看的书，没有之一。

《影海生涯》

\

\

\

影武借给我的李翰祥《影海生涯》，竟然是从潘家园旧书摊淘来的李亲笔签名送张中行版。

当然会联想到自己，这些年也颇送出些签了名的书，写得又不好，过些年人家家里没地儿放，能流落到潘家园还算是好的，我那些书，不知道要经过多么零落成泥碾作尘的悲惨身世才能再变成纸浆呢。

从影武早两年口吐白沫向我吹嘘这本书时我已惦记要补上这一课，他说李写的全是香港影坛陈年八卦，一直以为读完之后华人影视圈上下五千年的八卦到我这儿算是通了，没想到，那时节的八卦，放在今日竟然高尚得体，比如李本人与离有孩的张翠英恋爱时索吻，被张大叫“流氓”，决定结婚的当晚以为可以同床共枕，竟被张指责“你当我是什么人”，真的直到所有手续办齐并大宴宾客后，才认认真真洞了房，真是有情操得很。李写白杨的故人，也只说××曾是她丈夫，×××也曾是她丈夫，敢情全是正经人明媒正娶来的。

有一句话令我深刻印象，李所说的做演员的八字真言，乃“旁若无人，死不要脸”，哈哈，真是至理名言，可以在很多事情上派用场。

影武只借我上册，我猜他是想以此了解我借书的品格再决定是否出借下册。别的我不敢说，但在借书这件事上，鄙人还真是有情操得一本正经。从前人说一借一还，就是两次见面的借口。现在基本只有一借，虽没有一还，但敢借了再借死不要脸。

哥们之所以有借有还，是因为深感这年头借书这招已经不好使了，得自己写书并还得是送签名本才能勾搭人。这还真够费劲的，一年才能写几本书？哪够勾搭用的？

还不一定勾搭得上呢！都是他妈赔本生意，我靠，过两年指不定在谁家看见勾搭用的签名本那才真他妈汗颜呢。妈的，真恐惧真丢人，再见，以后不送了都自己买去！

《北京杂碎》

\

\

\

话痨搞写作在某种程度上是件占便宜的事，最起码在字数上不会犯难。我发现的规律是，语速快的话痨说话比较有意思，慢悠悠那种基本上是催眠型的。而语速快的话痨，多半还伴随着极强的表演欲，不甘心自己有意思的话只是存在于空气中然后就随风飘散，他们希望有更多的人拍着他们肩膀夸赞他们的小聪明，所以查慕春尽管年纪小，但通过从初中写起这种行动来看，他是准备像堆砖似的开始往著作等身那奔了。

《北京杂碎》，一言以蔽之，初中版的石康，《轰隆隆像是那昨天》是高中版的。这么说可能会令读者提前丧失兴趣，不过石康现在反正也基本过气，大家就当重新开始认识这些人吧。小查的文字很有趣，如果想在阅读过程中保持矜持的“会心一笑”可能比较难，反正我在看他的书时，一直发出的是噗噗的喷型笑声。

小查比石康小十二三岁，对比不同年代类似性格的人的生存状态是很有意思的。小查们比石康们更不深沉，他们只琢磨如何追上那些喜欢的姑娘并只要天天漫无目的地只是在一起，而不再想着互相教育互相攀比着谁更懂人生了——女孩，漂亮就好，或者，能用就好——真好，我就喜欢这绝不思考的毫无压力的时代。

小查提出的一个名词深得我心：文学卡拉OK。显然他也自得于这个词，不厌其烦地从《北京杂碎》一直提到《轰隆隆像是那昨天》——话痨就是这样，得不到令他满意的共鸣就会一直不停地得逼下去。但文学为什么变成了卡拉OK？我粗暴地归结于生不逢时生得太晚，各种派别的写作都已成气候，你会在提笔时发现你不是掉这个粪坑就是掉那个粪坑，区别只在于哪个粪坑里别人的粪更多。是的，没有新路可以走，因为世上已全是路。所谓文学界现在就是一“钱柜”，像小查当成偶像的王朔、石康，就是点歌人气排行榜上的头牌。小查是真像石康啊，就像在《晃晃悠悠》出版后石康发问“哥们在文学史上是什么地位”一样，小查听到“中学版石康”的定义后，也不无失望地说：“那看来我目前还超不过石康？”

没什么，一切都没什么，一切都是浮云，一切都没有意义。

《姐妹》

\

\

\

临睡前无意间看到湖南台在放一个纪录片，叫《姐妹》，很平实，但很抓人。一对发廊妹的故事。没看到谁是姐姐谁是妹妹。但叫章桦那个显然是主角。

她长得很奇怪，不难看，但有点吓人，因为很硬很冷，男相，让人有距离感，是受过很多苦的那种长相。

听我丈夫说，这片子剪出来后送到某个公司，被随手扔在一边，几个月后，才有人想起来看看，一看之下，竟然看了进去，后来好像还得过奖。

好多事情，事后说起来都轻描淡写，似乎机缘巧合，轻而易举，其实过程呢，谁又体会得到甚至想到数个不眠长夜中的挣扎呢。

不过，能轻描淡写地说结果，总归是有喜悦在渗出了。

突然死亡是不好的，虽然有人说那样会少受些痛苦，但我以为，不能够微笑着缓缓说出“啊原来人生就是这样的”，是件遗憾的事情。

《桃花扇》

\

\

\

晚上我们全家出去高雅，看田沁鑫导的《桃花扇》。尤记小时候看过同名电影的小人书，王丹凤和冯喆主演。冯喆的长相是我极喜的一种，清秀，鼻子挺而长，细眼睛有一点吊梢，像戏里的小生。人很风流，自己都说是管不住生殖器的人，下场极悲惨，“文革”时活活被打死。真可惜，那样帅，能说那样的话，想必也挺真的。

我丈夫并不很知道《桃花扇》的故事，路上问：“李香君是‘鸡’吗？”

我大骇：“你怎么这么说话呀？”

他沉吟片刻，小心翼翼地再问：“那她是妓女吗？”

明星认为此剧伤害了它纯洁的心灵：“几个书生说要赏春光，结果竟然是去妓院找妓女了；恭祝人升官了要庆贺，竟然又是去找妓女了；找就找吧，还要三百银子把人家买来娶了；不嫁吧，竟然让妈妈桑去替嫁；到这儿刚要感动一下，妈妈桑竟然说不要把我的三百银乱花了……”

是啊，听得我们也思考起来，乱世中的人怎么都这么乱啊。

因为白先勇的《牡丹亭》珠玉在前，田导的《桃花扇》令我深感沉闷。本身故事就没有《牡丹亭》有趣，且演员的年纪太小，过于小，才十几岁，唱腔差得远，基本上听不得。而戏剧，舞美再好，还是次要的，何况舞台上乌泱乌泱的人把四根红柱子推来推去，我是不觉得算多么有创意，乱，茶馆似的，分散人注意力。

喜欢演《牡丹亭》那对演员俞玖林沈丰英，二十多奔三张儿的样子，正饱满，扮相极俊美，唱得比这个不是好一点半点。舞台也没这么闹想法，能让人聚精会神地听戏。

当然，归根结底还是两种戏，《桃花扇》只是个时代应景戏，而《牡丹亭》说的是亘古不变的爱情。头一次看汤显祖在《牡丹亭》题词中所言：情不知所起，一往而深。生者可以死，死可以生。生而不可与死，死而不可复生者，皆非情之至也。冷汗狂流，如身处四壁皆利刃的狭窄空间里，动弹不得，却又有种渴望流血的冲动……流了血就自由了。

《安魂曲》

\

\

\

我打小就是个心有杂念的人。有时以为自己像孙悟空，喊一声“定”，肉身便如一尊泥菩萨，待在原地参与现实，其实灵魂早已出窍，忙得要死，眼观六路耳听八方，思绪在茫茫宇宙漫游。

初中念的是数学实验班，课本都和别班不同，有次来了一帮听课的，把教室坐得满满，甚至教室外的墙根儿下还有。那节课我觉得自己走神得格外厉害，隐约听见窗外鸟语花香，热闹死了。

下课，不让走，统计，问上课时共听到多少种声音。我对上课没兴趣，但对这些歪门邪道十分热衷，一高兴，把没听见的也都画了，统统画了。

过了几堂课，把听课的人送走后，老师铁青着脸进来说，这帮人是来测试我们上课时的专注度的，墙根儿底下那帮是在放录音。靠得咧。

《安魂曲》，多严肃啊，为什么我还是会不跟着剧情而是任着自己的胡思乱想走神？然后在自己想象里把它当成喜剧？什么毛病啊？

当看到这段：

你看，你有两只大耳朵，有很大的耐心，

你倾听我的话，你知道，你明白，

你站着，嚼着，用明白这么多事情的棕色温和的眼睛看着这世界……

我儿子死了，他的生命被剥夺了……想象一下你有一个孩子，

小马驹，小马，你爱它，

它是你全部的生命，可突然……

那马演得可认真了，当赶车老头儿在对他说这段词时，他的脚仍然在地上踢踏，他的嘴似在嚼草般嚅动着，我觉得，演得这样投入的一匹马，如果不给他台词实在是太可惜了，所以，在我想象中，这时候它突然开口对老头儿说：对不起，大爷，我是骡子。

其实有时我也蛮讨厌自己的……

温习《老友记》

\

\

\

罗斯陷入和茱莉的热恋，两人在电话上唧唧歪歪，谁也不肯先挂电话，“你先”“你先”“一起挂”“噢你没挂”“你也没挂”，撒娇不停，一旁的瑞秋实在听不下去，一把抢过罗斯的电话狠狠挂掉，若无其事地塞回给目瞪口呆的他。

以前我一直愿意做后挂电话的那一方，喜欢听到听筒里轻微的“咔”的一声，像听到自己的心轻轻碎裂，想“果然还是他的心比较狠”，自虐一样悲观着爱情。

我可能确实是比较磨叽吧。

很多时候，人们在说完最后一句话后，还是希望对方有个回复——听到了，知道了，好吧，等等。

曾经我追求礼数周全，情愿收底。可是后来想想，如果礼数过于周全，也会给对方造成困扰，在我的“听到了，知道了，好吧”之后，人家要不要再说“行，那这样，再见”？有完没完？

所以，现在，我不要做说最后一句话的人。听见了就好了。

让所有的最后一句话都是句决断性的有实质内容的话多好，为什么一定要结束在废话上呢？

《阿耳的海豚音》

\

\

\

是一部小说，作者佐耳。

刚认识的时候，她还没有马甲，用本名在深圳生活，后来去了广州，说是因为深圳的房子有点灵异。可能因为类似的奇妙经历，她的描写也有着与众不同难以言传的古怪视角，完全私人化，很新鲜，会激起观者重新观察事物的想法。很明显，她是个怪人，没有侵犯性，但在小说里有，并且很强，有种鱼死网破的惨烈。

后来我们混同一个BBS，她的网名叫“佐罗的女朋友”，常有令人惊骇的发言，是很黑的幽默。一次有人问她“佐罗呢”，她答“在旁边擦剑”。她的小说对话是古龙式的，简短直白地弯来绕去，全部貌似箴言。

某次我去广州，忘了为什么就住在她那里。我们半熟不熟，如果聊天也不是没有话题，后来我先睡，半夜起来，见她披头散发在电脑前，脸被屏幕映得蓝莹莹的，那个画面储存在我大脑中她的名字后面。她不太苟言笑，脸部线条鲜明刚硬，像欧洲艺术电影的女主角，飘忽而颓废。

她终于还是来了北京，BBS萧条后，大家只能在道听途说里相见，见到她工作，恋爱，换工作，换恋爱。她的主业是记者，但我感觉她写采访远不如写小说，有才华的人不应该把时间浪费在采访别人上，当然，这是站着说话不腰疼，她总要生活。但有才华的人一旦过上好生活，才华会否被淹没在舒适中？答案大多时候是肯定的。希望她不是，因为她比好多人都怪，因为那种怪如此特立独行，因为她说：失去是我人生的最强项，得到则不是。为了更好地失去，我要寻找更好的得到。我坚信，只要我迎风一站，就会客似云来。

读书令人伤感

\

\

\

终于在长时间的无聊中挤出时间看完《人造卫星情人》和《刀锋》。

我明白了为什么我总是有大把时间无聊——因为我做事情太快了，手脚太利索，总是飞速地干完活儿，再飞速地转身到无聊中。

所以我的无聊比别人繁重而茫然，那几乎是天生要背负的一种使命。无聊对我是一种常态，待在里面，我觉得安全。

但，我为什么做事快？还是因为内里有苦苦挣扎的底层气质——从没学会去浪费时间和金钱——我不认为拥有或者谁能提供给我可浪费的资源，我不浪费，因为浪费不起。而渐渐就成了习惯，低眉顺眼地高效完成，不给别人或自己惹麻烦。我天生的婢女情结。

我大概知道影武为什么在我说喜欢木讷而天真的男人后推荐我看《刀锋》……失去是早晚的事。

或者说，失去的东西从来也不是我们的，都只是人家自己的。

我们只是喜欢，在那上面投注了自己的喜欢。应该时刻提醒自己，喜欢的人物事，并不因为我们的喜欢而就是我们的，从来也不是。

要提醒自己知足。也许有一天，连喜欢的能力都没有，那时，该想些什么来令自己知足？总算喜欢过？

《千江有水千江月》

\

\

\

《千江有水千江月》是中学时读的。那时还真读过不少书，区图书馆就在学校对面，放学溜溜达达就去了，管借书的大姐是妈妈同事的儿媳，当年也有四十岁了，穿深蓝色衣服，戴黑边眼镜，对爱看书的孩子很赞美。很多书的借书卡的第一个名字都是我，我是不管懂不懂，先胡乱看下，拔个头份，多年后情节基本上都忘了，但看书时的情绪却清楚记得。

所以，看到《千江有水千江月》再版，既喜且悸。虽然对于这本书，只记得“贞观”和“大信”这两个磊落的名字，但看毕的泪流满面仍历历在目。为什么哭也不记得了。所以赶紧买来重新体验，想要穿越时空明白彼时自己的心情。

看完，却不明白。想来是彼时个人生活的不顺遂借机得到发泄吧。

千山同一月，

万户尽皆春；

千江有水千江月，

万里无云万里天。

这是一本多么端正的书啊。通篇下来，处处一个“礼”字，爱而敬，明朗，清澈，连分手也是干净绝然毫无曲折纠缠。简直是神话岁月啊。为什么会为这样一本庄敬的书落泪呢？

贞观与大信，那样平实却有力如同信念的名字，想象中，他们的爱由深深一揖开始，最后再深深一揖就此别过……

我才觉得，自己这些年来，审美上走得有多歪，离正道是越来越远了。

看后记，萧丽红果然是《红楼梦》的追随者，果然是胡兰成的女弟子。胡兰成这个人，固然有才，但有才得沾沾自喜，有小人相。

掩卷想起侯孝贤《最好的时光》，去年看过最好的华语电影。青春梦里那首歌。

《蛤蟆的油》

\

\

\

《蛤蟆的油》看完。

买来就放在厕所里，每次上厕所的时候看。到现在有两个多月了。

不知道是上的次数少，还是上的时间短。

朴素，没有姿态，可以学到东西，易读。

《我们始终没有牵手旅行》

\

\

\

我喜欢《城市画报》的摄影师，而曾忆城因为名字的文艺是我印象最深刻的一位。这本《我们始终没有牵手旅行》不是拍摄任务，是以影像的形式记录下一段没有结局的爱情故事。听说出版前在平遥的展出曾令小资青年泪洒当场，我相信——这些照片如果平铺在面前，比翻页的形式更直接更感伤，那些黑糊糊的阳光下的暗淡日子。

文艺的不仅仅是名字：

……当我抛下一切，来到她所在的城市，爱情却已无可挽回。在去新疆的火车上，遇到一对睡在我上铺的盲人夫妇。睡梦中，他们的手仍然在两个床铺之间紧紧地牵在一起。我想，是时候整理这段爱情了。原以为可以一辈子拍下去的，然而，我们连牵手旅行都没有，始终。

——曾忆城

《河童杂记本》

\

\

\

非常好玩。

认真诚恳的怪百白。

他对四五岁的女儿做试验，每天让她送报纸到他枕边，然后对他说“谢谢”，而他答“不用谢”。他想试验需要多久女儿会发现这个错误……

大概两个月后，女儿不再在送报纸的时候说话——他为了这个试验，花费了很多年才重获女儿的信任。

《非关男孩》

\

\

\

台湾人译得真绕舌。

尼克·宏比两部代表作《非关男孩》和《失恋排行榜》，都是先看到电影才看到书。而电影给我的印象就是基本没有印象，阵容其实都不弱，前一部是休·格兰特，后一部是库萨克。

所以，不是所有的故事都适合以电影的形式存在。一个作者不仅应会写，还应会在写前替故事选择最适合的存在形式，比如小说，比如话剧，比如电影。

《最好的时光——侯孝贤电影记录》

\

\

\

前半部分是小说和剧本。我喜欢的调调，细腻，平静，天生给艺术片准备的。

看完问那谁觉得朱天文和王安忆可有一比？答王安忆更好。中学时爱看王安忆，现在记不清了，最近看《王安忆读书笔记》，死活看不完。

好多小时候的事，本来觉得忘了，看了这书，像用改锥顶了几下，有些熟悉的东西翘了起来，不是具体的事，是些熟悉的场景和气味，比如某种颜色鲜艳的卡片外面塑膜的哈喇味儿，比如举着它在大太阳下一看半个下午的发痴。

但我不确定很多事情是不是真的记得，还是后来听大人说起，乘着想象的翅膀身临其境，久而久之记忆错乱，以为是自己记得的。

后半部分记述侯孝贤拍电影的过程。了解大师的工作方式是很有意义和意思的。

《窥视印度》

《沿着塞纳河到翡冷翠》

\

\

\

闲书看来不用全神贯注，如同嗑瓜子，磨磨牙，噼噼啪啪，一个下午过去，太阳下山，书也看完了。

黄永玉，妹尾河童，俩老头儿。前者野，后者怪。

闲真好。

《汪曾祺说戏》

\

\

\

收录的都是与戏曲有关的话题，从1956年到1997年。可以看出，年代越近，话说得越放，越无所顾忌。

也有相当重复的细节，出现过两次三次甚至四次五次。常写的人会理解，其实没什么。

读后感是，戏曲创作与电视剧创作颇有相似的地方。比如汪老说“文外之情”，有些文句不通甚至不知所云的地方，通过演员的表演，可以令观众觉得合理甚至感动。上周看《艳遇》，廖一梅说到演员指出“这个地方不合理啊”，她怎么和演员解释的我不知道，但她和我们说这是戏剧学院教学时最初级的问题——没有合不合理，就是这么设置的，演员就是要靠自己的表演令它合理。

全书大多是谈京剧，也谈到京剧的未来发展，有一个像修建博物馆一样去保护的建议。随着喜京剧的观众老去，恐怕把京剧上升到珍贵文物的高度来尊敬倒真是最好的办法，普及是不现实的，那不如让不懂的年轻人怀着敬心去了解京剧，可能就没那么嫌弃，反而更容易宽容接纳一些（我不禁问我自己是想说价钱越贵越有人买的意思么），毕竟那种不在观众席就在去观众席的路上的连梆子都看的年轻人太少了。

我小时候头次在剧场里看京戏，是我妈家乡的剧团在北辛安剧场演《宝莲灯》，那也是我头次能进后台，大概没上小学。印象深的是剧团的台柱子，一位青衣，长相忘了，但脸上的表情总有些哀苦。听我妈说是有人忌妒她唱得太好，就偷偷在她喝的水里放了耳屎，她就此失声，没法再有更好的发展。我查了一下，似乎耳屎导致人失声是没有科学道理的，也许还有别的隐情吧。前两年因为找拍戏的场地，去过长安大戏院的后台，当时台前正在演一出武戏，隐约记得是一群猴子翻来翻去。从后面的幕布走过时，一种无法忍受的体汗味扑面而来，记起人说京剧的戏服好像是不洗的，至少解放前是不洗的。

《炎夏之都》

\

\

\

《炎夏之都》是中短篇集，第一篇《伊甸不再》令我想起苏伟贞《陪他一段》。高中时《陪他一段》给我巨大影响，这次竟然看到咦还有长相如此接近的：人物的性格，语言方式，故事的发展，主人公的命运，甚至可以想见的写作时同样郁郁的心情。朱家姐妹是胡兰成的女弟子……胡兰成那著名的前缘……张爱玲曾写过一封信给苏伟贞是不是？……大家的情怀都差不多。类似的情怀还有钟晓阳，袁琼琼等，内地其实也有，比如那谁。

朱天文的相貌是稚拙的老成，眉眼依稀像内地有个叫芭蕉的作家。

《带我去吧，月光》，写一个紧张敏感的广告公司女职员，因一次对别人来说惯常、在她来讲狠震撼的无意撩拨，逐渐丧失了本心，生出一些狂症入院，发展到最后，竟然选择性遗忘了曾经的感情经历。整个故事里对方其实没有什么动作，只写女孩自己心里的挣扎，那种不为人知的挣扎令人生出兔死狐悲的感伤，记起有个叫郭小寒的女孩写的文字——

我为什么生活在这样一个时代？我为什么什么都做不了？我不能杀你全家也不能替你报杀父之仇，我不能为你两肋插刀也不能捅你两刀，我不能为你卖着豆腐苦等20年也不能抛弃你把你卖到红楼里去，不能让你功成名就也不能身败名裂，不能让你有强烈的爱恨也不能让我有强烈的爱恨，我不能浪迹天涯一人一白马我也不能夜夜歌舞升平！我不能横下心来卑鄙无耻一下也不能一天到晚相安无事装纯情，我不能血溅沙场，我不能买凶杀人，我不能远走高飞，我不能丧失记忆，我不能喝酒买醉，我不能疯狂飙车，我不能裸奔，我不能一夜情，我不能施虐也不能受虐，我不能当流氓更不能当婊子，我甚至不能彻底地当街大哭一场！

我拿不起笔写情书，拿不起枪闹革命，拿不起脾气说老子就要怎么怎么样！

我不能说爱，因为这不是爱；我不能说恨，因为除了我自己我谁也不恨。

我无力，我真的很无力，就是无力，为什么一切夸张的都是羞耻的，为什么我什么都做不了？

我的内心有一个洞，那里有呐喊了一千年的呐喊声，我的内心也有一扇石板，它在那里挡了一万年！

所以我的表面总是荒凉无声。

我想……可是没有，我想……可是没有，我想……可是没有，我想……可是没有，我想……可是没有，我想……可是没有！

就是这种挣扎。

《逝去的武林》

\

\

\

李仲轩先生年轻时拜入三位形意拳大师门下，许过不收徒的誓，年老后在《武魂》上开始发表一些武学文章，众多门派震惊。书中配图，看似平常的动作，听说学武之人赞誉一片。照片中李老先生清癯，文气，干净利落。武学我自然不懂，但李老先生说武的语言虽是大白话，却不由得人反复琢磨，这就有点意思了。他说真正习武之人不是非逮时间就练武。我不敢以为世间事一通百通，但武林高手看世情如此练达，把拳上的“形”、“意”和生活中的微小道理结合表达得恰当，令人佩服。因为这本书，我又去查了些资料，原来当代武林门派之争也狠热闹哇。

我小时候武术在石景山那片儿还挺热，石景山体校专门有武术馆，在金四小和金二中往金顶山拐的路口。有时我去少年宫路过那个院墙，就会想到我哥表哥姐们都在里面练着呢。三表姐练棍，拿过北京市的第三，我那是头回见着奖牌，她还戴着去照相馆留影，烫头，白毛衣，一腿前一腿后的姿势，看着挺有根基。大姨夫平时就练武，家里好多兵刃，我小时候不懂事，拿红缨枪头拍过他的谢顶，也没人跟我急，打小不得体惯了。

我哥没练出来，但也好这个。当年是有一本叫《武林》的杂志吧，他一直订，最早我看《射雕英雄传》就是《武林》上边的连载，好像只有几期就没了，急得挠墙。我哥上大学后兴趣转移，转移前教过我一套“小五手”，说练会了就不怕一般小孩了，我练了两回，找隔壁单元小女孩去试，女孩直不隆通上来一下，我说不对，你应该这么出，然后我这么回，然后你再这样，然后我再那样，然后然后再然后我就赢了，她说我为什么呀……

啊我没有从小一起在幼儿园偷向日葵站在楼上向过路人身上吐唾沫也有美好的童年哇哈哈哈。

《非常道——1840—1999的中国话语》

\

\

\

历史人物的言论收集，狠有意思，想起小时候的摘抄本，但我用八卦眼神看，用八卦精神消化。

黄侃反对胡适提倡白话文。有一次，他在讲课中赞美文言文的高明，举例说：“如胡适的太太死了，他的家人电报必云：‘你的太太死了！赶快回来啊！’长达11字。而用文言则仅需‘妻丧速归’4字即可，只电报费就可省三分之二。”八卦精神告诉我们，黄侃素与胡适不睦，狠看不上新派人物的做法。类似的言论当胡适的面也有，比如他说胡适如真身体力行就应该别叫“胡适”而改名“往哪里去”。胡适一代大师当然不是笨伯，1934年秋在北大上课时，有学生问难道白话文就没有缺点吗？胡答没有。学生问那打电报的时候呢？胡适说：“前几天行政院有位朋友打电报邀我去做行政秘书，我不愿从政，决定不去。为这事，电报回复，白话文写的，也很省事，在座诸君不妨用文言看如何回复。”在座学生各自筹划，字数最少的是：才学疏浅，恐难胜任，不堪从命。胡适说我的回复是：干不了，谢谢！

印象最深的却是穆旦一句极朴素的诗：“这才知道我全部的努力，不过完成了普通的生活。”写出这样的诗句，必是经过了“我想超越这平凡的生活注定现在暂时漂泊无法停止我内心的狂热对未来的执著”的阶段吧。这半年来我突然觉得很多从前读过的东西到现在才真正开始理解一点，从前所做的不过是记录和背诵，以充知识面广什么都难不住我。有一天黄昏经过东直门外，突然狂风大作，一时落叶遍地，脑海里竟然蹦出少时以为俗得不能再俗的“少年不识愁滋味，爱上层楼。爱上层楼，为赋新词强说愁。而今识尽愁滋味，欲说还休。欲说还休，却道天凉好个秋”。那时常会说“天凉好个秋”，在秋天的时候，在做怅惘状的时候，可到今天，你让我说什么？我也只能说句“天凉好个秋”。这就是懂了。二十多年，真正懂了诗中的意味。所以岁数越大，越觉得生于此世，所有的体会都是被前人体会过总结过的，几十年的光阴，于个人是纵情激越的巨浪，于历史长河，不过是一滴水的有无。今天的认识，与几百年甚至几千年前的人比起来，真有进步么？未必。

还有一句，孙茎堂屋里挂着郁达夫的手书对联：“绝交流俗因耽懒，出卖文章为买书。”喜欢，却不知怎的想起祖德宋在博客里介绍自己承接广告的标准时说：“祖德的广告收入，一半用于慈善事业，一半留着买书看。”

《花间一壶酒》

\

\

\

李零最近很红，倒不是因为这本书。他被称做“学界王小波”，隐约是哪有点像，用最废话的废话形容，就是比王小波学术。不过这类书我看起来有点吃力，后来索性当睡前读物，有效助睡眠。我很欣慰，终归是女的。

比较爱看吴三桂那篇。他说得对，吴三桂的一生“倾侧反覆”，最适合拍影视剧，“古人表现历史，喜欢把矛盾放在一二传奇人物身上，刻画内心冲突，从历史角度看是失分，从文学角度看是加分……它是‘汉奸发生学’的绝好标本，人格和历史冲突，极富悲剧性。”这让我想起当代某人，多年前就曾觉得，那样奇特的经历应该写或拍下来发人深省。偏文艺片，也有狠多商业元素。大时代面前小人物的悲剧传奇，结局多如此，以大哥的判断方式：不是一石激起千层浪的悲，就是沉石入潭默然的悲。

《格列佛再游记》

\

\

\

近期的睡前读物。不是因为枯燥导致催眠，而是因为文字太美。美的不仅仅是文字，还有想象力。它令我对睡前时光贪恋，有种把黑巧克力偷拿进被窝蒙头舔尝的秘密的喜悦。每天都期待睡前一小段的阅读能带给我一个美好的梦。

我可能是对这本书而言比较温情的那种读者。创作与阅读的人各取所需不好么?

我真的好喜欢连丘。

《我与悲鸿——蒋碧微回忆录》

\

\

\

看完觉得应该找廖静文那本对照着读。过年时在凤凰卫视看了一会儿廖的采访，内容忘了，只记得她喑哑的喉声。大过年的，那声音未免太悲，就换台了。

徐悲鸿每和一个女人共同生活前，会先为对方取个新名字。名字取得都太漂亮：蒋碧微，孙多慈，廖静文（但我总觉得“碧”这个字太烈）。蒋著中的徐面目模糊，因为蒋本人非常强悍，刚烈无比，对大师采取不忍不让的态度，几度让徐非常的下不来台。女人有这样的性格，实在太硬，但也说明她是把他当丈夫而非别的，他们之间是平等的。

在网上找相关资料，颇有喜欢这本书的人对廖那本《徐悲鸿一生》不以为然。可见就算当事人亲自说话，仍因带有各自立场观点，无法真正了解真相。所以说要想知道真相，道听途说没戏，想从当事人那儿知道更是没戏——没有真相，或者说都是真相的素材，看你愿意怎么信、信什么了。即使不是当事人，即使是中立的仁厚的旁观者，处于时代背景下，维护对象不同，仍然难以说出客观真相。现在还有没有古代史官那样的职位？

三个女人里我比较喜欢孙多慈，倒不是因为她最有才华和美貌，而是因为她是一言未发的那个。言多必失，始终话少的还是好的。

《VENUS》

\

\

\

哈哈哈。

彼得·奥图尔已经老得像个老太太了，演一个老丫挺的——不能称为“老人”，只能说是老丫挺的（充满爱意地说）。

演得真好。

中文名叫《末路爱神》……

明白为什么某些中老年男作家喜欢办保姆了。嫩啊，其粗鄙令这“嫩”更肉感更液体滴答水儿了都。

配乐真好。

btw，真受不了那种酸柔影评……“荡气回肠”……荡你大爷啊荡……怎么了就“荡气回肠”？什么呀就爱情？咱能不一见一男一女就往爱情上扯么？生命怎么就不能丑陋和可笑？为什么一定要用那些词来PS人家自己毫不在乎的彪悍的猥琐？

《迟疑 电视 自画像》

\

\

\

连去大藏寺我都带着，就为了在那样连手机信号都没有的地方只能看书，怎么着也能看完吧。but没有。两个月，天天看啊，刚看完。

这本书是失眠症患者的福音。五页之内，不管之前多么精神，必能睡着。第二天还想不起来头天看的是什么内容。

如果那种画照片的“超级现实主义”画家搞写作，应该就写成这样吧。不是说他们还把照片投影在画布上画么？有时候图森先生也照着照片写作，所以才会那么细节和繁复——光凭人脑是肯定记不住的。

如果扫描仪和照相机会写作，写的一定就是这种“极少主义小说”。

反正我不喜欢。

明星说很少有人会这样坚持看自己不喜欢的小说。对，我就是很少人。

世界上最怕较劲二字。

《东京昆虫物语》

\

\

\

薄薄一本小册子，四色，很可爱。可惜虫子的名字都译成学名，所以不大清楚到底是什么。

为什么只童年记忆里有昆虫呢?

岁数一大，只人盯人了，眼里没虫儿了。

我小时候最喜欢萤火虫。这书里没有。可惜好多年没见过了，当年还是很容易找到的。不是还抓一兜子看书玩么?

在防空洞里看电影的时候，男生不知道用什么方法把小纸团处理一下扔到空中，黑暗中就一小团亮光，像极了萤火虫。似乎是用汗浸的?

我念的那个小学在座小山边，半个月前我还想那山叫什么来着，结果看白宝山的报道，说他在他家后边的红光山上给他女人挖好一个尸坑……对，红光山。

因为守着红光山，同学可以找到很多小昆虫小动物做标本，印象最深有黄鼠狼，他们把冬眠的黄鼠狼放进我书包里。然后一打开铅笔盒，里面有一条冬眠的蛇……我从小人缘就不太好。还好那蛇是土黄色的，应该没毒。有次在田埂上回头看到一条黑色细蛇，身上有艳丽条纹，知道有毒，尖叫着拐着弯跑走，因为听说它只会走直线。从小就能做到临危不乱。

三乐希望儿子有这样的童年，所以买了好些小虫子给他养着。

她家的蛐蛐一听到窗外的蛐蛐叫就会应和，并且声音很大。每当在电梯里听到邻居议论“这小区蛐蛐声儿也太大了”的时候，就会装聋作哑。

《走到人生边上——自问自答》

\

\

\

其实还是喜欢看后半段那些注释的故事。前边的自问自答，看着看着就又绕回去了，像一个回形针（这词现在嫩流行哇），有出口也等于没出口何况没出口。居然有人说看出了人生的答案，有么？哪呢？人生哪那么容易就找着答案了呢？还愣是随便看一本书就给看出来的？

人老了，好多事干不了，就只好想。若没有交流的对象，自问自答，难免啰唆，车轱辘话来回说。其实起的头儿是好的，有趣的，但一个人使劲儿想就会执拗，有点老糊涂的样子。有人交流还是好的，说不来都是好的，起码有差异有碰撞就会有意思。当然这有点儿站着说话不腰疼，等我老了，就算有人和我交流，也未必好意思碰撞我——我都老了，人碰我干吗？我也只好自问自答了吧。不，那我也不说我整天怎么想的，还是讲点儿信手拈来的故事吧，当孙敬修奶奶。让人自己去想去下各自的结论吧——小朋友们，人生的答案要自己去摸索，没人告你丫的。

这就是知识分子和当代高玉宝的差别。

《甘露》

\

\

\

最近看书真是很慢。

不过这种细腻的书也确是要慢慢地看，不然就会漏过那些对转瞬即逝的细微感受的描写。比如当面对一个陌生人，心里有想要接近的冲动时，就由依恋感想到做爱想到朋友想到“孩子时就与陌生人一起被关在同一个教室里，并被迫从那里、从那些人中间找到合得来的朋友。如果那就是命运，就是交朋友，那是一件让人多么感到痛苦的事呀。成人以后就自由了，朋友可以用自己的眼睛和耳朵在大街上找，却依然没有抛弃关在箱子里时养成的习性”。然后她说：“我们交个朋友吧。”

大约半年前，曾在某次聊天中说起为什么会在某些时刻突然想起某人或某事，那样的情况就像聊天中的片刻沉默后突然地转换话题——为什么就会转到那里去了呢？于是就决定每次发生的时候要追根溯源，因为不相信无缘无故就转换了，一定有蛛丝蚂迹的过渡。这是一个有趣的游戏。比如，可能就是突然有人走过，留下一阵香水味，而这香水味正是某人常用的，就想到某人在做甚听说最近和某个人来往密切而那个人在做甚然后就聊起这个人。

其实一切的根本不过就是留意吧。留意了，去想了，再好意思或有耐心写下来，就很可能是可读的有趣的文字了。

吉本芭娜娜的笔触令人感到熟悉。

《佛的孤独》

\

\

\

最近老从各种媒体或各种人的博上看到介绍曹乃谦的文章，源头都是因为马悦然的推崇。我很喜欢里面那些“要饭调”：

山在水在石头在，人家都在你不在。

刮起东风水流西，看见人家就想起了你。

白天我想你拿不动针，到黑夜我想你吹不灭灯；

白天我想你盼黄昏，到黑夜我想你盼天明；

白天我想你墙头上爬，到黑夜我想你没办法；

想你想你真想你，抱住枕头亲个嘴；

想你想你真想你，亲了一嘴荞麦皮。

厕所里正好有本他的《佛的孤独》，是中篇小说集，看完第一个就想，噢后面不会都是这样吧。可惜后面都是这样。一篇讲一女的。确实不太喜欢。反正就是一路子吧，也可以叫风格，但结构上有惊人的雷同。后记说这是自传体，那这还真是性格决定命运了——人家性格招这个。但我觉得归根结底还是一个趣味的问题。其中《佛的孤独》是他写的第一篇小说，人物的性格，故事的发展，矛盾的起伏，细节的设置，完全是一二流导演咬牙游走于商业与艺术之间的票房约莫可以突破一千万的呕心沥血之作。我的意思是说，很不错了对于处女作来说，很商业了，而且有乡土作为外包装，一不留神就成雅俗共赏了。

看这本书时脑子里会类比着想起另外两个作家，阿坚的《美人册》，和大哥有一朋友叫程琳的作品。前者的类似是因为题材，曹写得更好。后者的类似就属于颇有渊源的类似。程琳也是方言写作，东北话，重要的是和曹一样同是警察出身。在某种程度上他们是一类人，所以他们的作品有相似的“习气”（这个词我自认很准确，想了半天呢）。但曹乃谦搞过音乐，搞过音乐的又更有浪漫的容易击中人心的情怀，这是比程琳高明的地方。

看完这本书，我最喜欢的仍然是“要饭调”。他的乡土被某些人拿来和赵树理比，但我觉得他的用词还是太刻意了。真不如大哥写的那些东北抗联故事。

《我们一家人》

\

\

\

我太喜欢这个作家了。如果说他的《手提箱》是蒙着看到的，看完《我们一家人》，我就是他坚定的拥趸了。写得太好了。好久没看书的时候被逗得满地打滚了。当然逗并没什么，但被逗了之后还叹息。

《手提箱》是通过细说手提箱里每样东西的来龙去脉，讲述作者在苏联的命运。《我们一家人》每一章讲他一个亲人的人生际调。结构是一样的，很简单明白。这两本书也是这位作家最著名的作品，可惜英年早逝。

书很薄，八块钱，现在罕见的便宜。翻译得特别好。看这本书期间我经常用书里的话当自己的MSN名字。

《红楼梦魇》

\

\

\

如果够老，够闲，我会不会对一本书如这样把玩般翻来覆去地凝视和发现？难。因为难对一本书有这样深入地细读。要了解的东西太多，要看的东西排不过来，被资讯的浪推着盲目地往前漂，我没有那样沉静的日子，也就没有那样沉静的情怀。知识真爆炸，一多半是无益的，脚不能沾地间时不时大口大口喝脏水。好的和着脏的反正大家都这样就看谁新陈代谢强能不能把脏的排出去了。可人和人对脏的标准也不太一样，兴许就爱留脏的，人管那叫好的，而且脏也不一定就能死人。

看《红楼梦》有些转变。少时喜黛玉，喜忧郁和才气，符合青春期的气质。工作后再看，就喜宝钗和熙凤，喜端正懂事喜能干泼辣。可现在竟然又喜欢回去了，黛玉之不尿世俗遗世独立深得我心。培养个性——掩饰个性——回复个性，这个过程我认为是符合人生的发展规律的。

对于“书”，应该是什么态度？我小时候觉得，“书”啊，天哪了不得啊，里面不得句句真理啊……我妈到现在都相信一切铅字。

但现在看书，我的态度是，不要都去相信。不要把作者宣泄的语言快感当做自己的人生格言，傻瓜愤青才这样呢，真好糊弄。看乐了，乐完完了。人家作者都不爱让你信。写书越来越像写帖子。

《门萨的娼妓》

\

\

\

本来一看这书这么厚我就退却了，怕看不动。后来想我着什么急啊？慢慢也就看完了。

很逗。知识分子逗法。肚脐以上的刻薄，不三俗。

但我就不明白为什么要管准确地陈述事实叫刻薄？有些人就是只能嘲笑别人，一到自己这儿笑点就特别庄严。只能他陈述别人的事实，别人一点出他的事实，就变成不怀好意——为什么不能欣赏别人的准确？就许你显得聪明？别人都得忍着？

忘了是从哪部电影起，我坚持认为周星驰在从伍迪·艾伦那里偷师。小人物的絮叨和神经质——小知识分子的絮叨和神经质，非常近似。

最大的发现是，李碧华的《凤诱》和伍迪·艾伦的《库格麦斯插曲》惊人相似。都是男主人公用某种方法回到过去，和著名文艺作品中的人物勾搭上，再带回现代都市，旧时来人对当下光怪陆离的生活依依不舍，可最终还是要回到从前继续广大读者们了然的命运。《库格麦斯插曲》收录于伍迪·艾伦1980年出版的《副作用》，在前。

《和我们的女儿谈话》

\

\

\

本来正看《茶花女》。五道口“春秋”关门前五折买了一批译林出的硬皮儿世界名著。以前看的是小人书。

坦白说现在对爱情小说非常so so，我老了，境界随年纪提高了。看一半明白过来，原来是一青春浪漫爱情小说。感人，轰动，因为真人真事真情实感。搁今天也不牛逼了。

半道儿拿着《和我们的女儿谈话》，就先看这个。一看就疯了。就觉得自己写得这么烂，出什么版啊？怎么那么不要脸啊。

几年前常见老王那会儿没话找话地问过，您最近没写东西啊？他一副似忍得意似忍我无聊的表情说，写哪，当然写啊，刚写了……也不愿多说。憋大事儿的样子。

这本看完，别的不用看了。靠写字吃饭的人，稍懂事的从此了无生趣。我都绝望了——尤其懂事。后来想起苗师傅说的，看那谁的小说找回点自信，才获得些微继续活下去的勇气。

每一章末，都看得想哭一场。

其文字之美。之干净。

过程中一直恨自己英文不好，不能把它翻译了，老怕别人不明白，万一翻不好，莫名就着急了。

应该得诺贝尔。爱给不给。

《千岁寒》我没看完，起头儿就high我跟不上。这本不一样。

这本像他手把手带着，慢慢往起走，就对了，劲儿就同步了。

爱情算什么啊。疯狂的小事？把“疯狂”去了吧。任何爱情小说，从此轻如鸿毛。

《我的绝版青春》

\

\

\

N年前做杂志编辑，常为选题烦恼。一次有女友问，为什么不采丁天？我说可以哇，听说介四老王指定的接班人哇，不过现在改系去写恐怖小说了。有段时间我还老给人讲里面的鬼故事。女友说那我得亲自去采，听说丁天长得还不错。看来她是想戏人家，我欣然准了。

采完，交稿，我随口问，如何。她说，还行，和想象中不一样，有点老气横秋。

多年来见过的丁天照片多是同一张，45度微侧脸，眼神偶像。在男作家里算有姿色的。一直没亲眼见过。前俩礼拜终于见了。也没觉得老气横秋，也不偶像，笑容稍轻浮。也不是故意的，是因为笑得太稀烂。

这本小说是可以快速读完那种，没什么事儿，多情而记性好。语气平淡得有点老范儿，对写法的高层次追求隐隐可见，又收着没放。头两章我以为还是恐怖小说，后来就没了。有一点我喜欢，就是长时间的平淡叙述里突然就不正经了，不仅突然，还迅速，戛然而止，像是板着脸的老干部一恍神儿做了个鬼脸，比如闷骚地和果儿去划船想用脚够岸结果变成反作用力一脚岸上一脚船上越离越远活活把自己劈水里了。

我老把石康、丁天、冯唐三个人同时想起来，跟他们写作题材的类似有关。心里也排过座次，那谁第一，那谁和那谁并列第二哈哈哈。前两天去长江文艺，人说你们70后没有领军人物啊，我说——那谁啊。

现在他们都将不惑，青春的旧怎么也该怀恶心了，猜一猜各自的下一本写什么?

《地球上的王家庄》

\

\

\

这是一套丛书，我只买了毕飞宇一本。我对毕是喜欢的，他的书大多数都看过，他和严歌苓分别算是我心中那套文学扑克里的黑红桃疙瘩吧。

这书的设置挺好的，包含作家新作、处女作、成名作、代表作、影响或争议最大之作，再附上关于文学和写作的访谈、成长照片、著作目录、大事年表，等等。因为所有作品都是作家自己选的，所以对他们能够建立虽然可能不深入但还算全面的了解。处女作《孤岛》1991年出的，还真时代烙印。他自己肯定挺喜欢的。

毕的这篇访谈挺好的，看得出在写作上是个实在执著的人。我颇观察过一些人，对面相暗暗有些总结。他眉目疏朗清淡，笑容直率简单，看起来既坚定又随和，有种不懂修饰的帅，和文字相像。

《癫狂的艺术》

\

\

\

记述了艺术家郭海平2006年在南京某精神病院住院几月的过程，他和他的朋友们摸索着教病人绘画和陶塑，以探寻他们的内心世界，通过艺术活动进行自我精神治疗的可能性。

书中选录的精神病人作品充满想象力。每一位病人的作品前都附有专业的病历报告，写得也不是说滑稽，但用严肃淡漠的口气描述失控的行为，有点黑色。还有错别字，原汁原味。

很难明确地指认他们为什么会画出那些东西，因为有些病人表达有问题或不愿意说明或真的自己也说不明，只能由艺术家和医生来分析。一个农村来的病人，也许是因为长年干农活，所以对机器有一种狂热的崇拜。但他所画的机器，全部是俯视角度，但显然有很多机器他是没可能从高处看到的……

另一个病人画的全是类似毛线的横条纹，每一行的颜色搭配都非常漂亮。完全可以趁着今年的油画牛市卖出高价。最牛逼的一个病人，画风类似蒙克（蒙克也是精神分裂），用色刺激得观看的病友直揉眼睛——艺！术！家！

病人自己说，这是“工疗”——真懂。

长期的服药，令他们的精神状况有明显的抑郁到亢奋过程，画出的东西也从模糊的铅笔画跳跃到大红大绿。

郭海平自己在院期间没有间断创作，惊人的是，相对于病人大胆的用色，他自己的画却是灰白黑，极度压抑。看书的时候我丈夫探过头来，对郭海平一副类似一片蛔虫的油画说，这精神病人画得真好……

书里还有郭海平的日记，细腻而悲悯，我看得非常感动：

对于自己突然喜欢起黑暗的这种心理变化，我感到疑惑，我想，人刚降临于人世间的时候应该是不会畏惧黑暗的，后来，一定是我们的文化教育使黑暗渐渐成了一种恐惧的对象，正如我们的祖先就不曾畏惧过疾病和死亡，他们认为人的生、老、病、死都是天意，是一种自然现象，所以也就无所畏惧。今天，“黑暗”在灯光的普照中已不再是一种视觉自然现象，它已渐渐成为一种文化的象征。我之所以渐渐从对黑暗的畏惧感中脱离出来，这也许是因为我们通常所接受的文化教育在这样一个精神病院中都将会失去它通常的作用。

在这个医院里，我感受到的是人的生存底线，这里没有审美也没有谎言，有的就是每一个病人的基本权益和非常有限的自由。其实，近二十年来，我一直过的是黑白颠倒的日子，我喜欢深夜。现在看来，我对深夜又多了一分认识，它不仅让我感受到自己的潜意识，同时它让人的目光更明亮，听觉更敏感。相反，对于那些终日生活在白日里的人而言，他们过的一定又是另一种生活。

全书中英文对照。

其实最触动我的是一个患有精神发育迟滞的小女孩画的“天书”，都像是字，但又只是些笔画。之所以受到触动，是因为在我的梦中，常常会出现类似的文字。

我常常觉得，梦中的我们都会做出匪夷所思的失控行为，那么精神病人的举动，岂不就像白日的梦？白日比黑夜多出什么？不过是控制。我们和他们真有本质的区别么？一旦极度疲惫或极度亢奋，丢弃那些所谓的理智和道德法规，我会不会把我心底压抑很久的特别想做的事情无所顾忌地做出来？比如我看芙蓉姐姐，就不觉得她可笑，而是像看到一个失控的我。我不会跳舞，但在梦里却总会尽情地不顾嘲笑目光地跳舞，而且我根本意识不到嘲笑，只感受到彻底释放的狂喜。

我靠，我也太掏心窝子了。

《一辈子做女孩》

\

\

\

要不是人死活推荐，我绝不会去看一本叫《一辈子做女孩》的书——谁想一辈子做女孩啊？

看完，原来，这书最次的就是名字。为什么起这么一名儿啊？太奇怪了。原名叫《EAT PRAY LOVE》，就按字面翻译也行啊，多影响销路啊。

书非常好看，译得也生动。EAT是在意大利，PRAY在印度，LOVE在印尼。从意大利到巴厘岛，由颓废变快乐，是一本旅行励志书。但我最喜欢意大利部分，颓唐里迸发出自嘲的机智尤其显出聪明。PRAY的部分有点枯燥，我对灵修目前还没有兴趣。LOVE部分太过圆满，让人觉得不真实。她自己也在结尾表示这一切太完美了，感谢灵修与爱带来的幸运。我却想，也许这就是中国人所说的流年，好运气来了而已。

感情遇挫后，旅行确是一个排遣忧愁重新翻篇儿的好办法。哪怕只为明白世界上不只有那个乱你心的人。

这本书在美国卖到二百多万册，极度畅销书，据说最近要拍成电影，茱莉亚·罗伯茨演。畅销书还真不是白来的，确实写得挺好的，对细节的感受不但独特，难得的是还准确。还真是一本非常女性的书，男的写不来。就是女的对女的，女的写女的看，男的在此完全不是一头儿的。

这女的有才，而且有才得可爱。我喜欢她写威尼斯：**威尼斯**

似乎是个适合慢慢酒精中毒身亡，或失去爱人，或爱人遇难后丢弃凶器的城市……威尼斯很美，但就像伯格曼电影的美：你虽喜欢，却不想住在其中。整个城市正在剥落、衰退，仿若家道中落的大宅后面上锁的房间，因维修过于昂贵，倒不如把门钉死，忘却门后陈旧的宝藏——这就是威尼斯。亚德里亚海的油污反流推向这些深受磨难的建筑物地基，考验着这项十四世纪科学博览会的实验——“喂，我们若建造一座自始至终坐落在水里的城市，会有怎样的结果？”——撑得了多久。

我喜欢她写女人在爱情中的通病：我一向对男人决定得很快。我总是很快坠入情网，未曾衡量风险。我不仅容易看见每个人最好的一面，也假设每个人在情感上都有能力达到最高的潜能。我曾无数次爱上一个男人的最高潜能，而非爱上他本人，而后我久久（甚至是过久）紧抓住关系，等待这个男人爬升至自身的伟大。在爱情中，我多次成为自己乐观倾向的受害者。

每一位女性都应该看看这本书，相信我。但不要相信那些在封底写推荐语的人的话，写得都非常官话，说了跟没说一样，明显有几位根本就没看过至少也是没完整地看过这本书。她们不知道她们错过了什么。

《京味九侃》

\

\

\

萨苏我喜欢，在网上写东西老早了，风格鲜明，而且因为这种风格的受落，京味儿得越来越得瑟，以至于我看这本书里的故事，全觉得不是真的，都像丫编的。但是真逗。

那篇《发生在大学女生宿舍的强奸未遂案》尤其可笑。“警察抓蛇”、“侃机场”也好玩。适合上厕所看。把戏写进黄金档，把书写进厕所，就是一个文人的成功哇哈哈哈。

《意大利童话》

\

\

\

如果这叫童话，不要给小孩看。这不是教人好逸恶劳么。所谓幸福就是莫名其妙有一宫殿，里面堆满了宝石金子和吃的，鸟兽们都会帮你干活，或指引找到不是王子就是公主的伴侣，要么就一梳头从头发里往下掉钻石……哇靠。我丈夫说是翻译值得商榷，不应叫“童话”，而是“民间故事”。也是，母们中国的民间故事也大多是得着宝物，从此衣食无忧，比如《八百鞭子》、《神笔马良》，反正得会魔法。中外穷小子勾搭女的方法也都差不多，都是看人洗澡然后把衣服抱走，甚至烧了，人家不得不和丫在凡间过日子——都一师傅教的吧？据说中国这些故事和某八百竿子打不着的偏远小国的故事连细节都分毫不差。这位师傅是谁？上帝还是玉皇大帝？要不说“懒”还真是人类通病。

小学课本里有一篇叫《乌鸦喝水》吧好像，说聪明的乌鸦为了喝到细瓶子里的水，往瓶里面叼了很多石头，水泛上来，就喝到鸟。老师让我们到讲台上用自己的话再讲一遍，我就冲了上去。我说，乌鸦渴了，想喝水，看下面有个幼儿园，就飞到那儿，让小朋友给它水喝，小朋友就给它了。然后老师就把我轰下去了……我主要不是为了讲，是为了站到讲台上。

《伪科幻故事》

\

\

\

书签显示，几年前我曾读过这本书几十页，就看不下去了。

这次再看，虽然耗时近两周，但阅读过程还是愉快的。他小时候也一定是个“活在别处”的小盆友，肉体和大家一起该吃吃该睡睡，眼中的生活空间在很遥远的没有常理的星球。

这本书像同性恋科幻版的《小王子》，十七章，采用了好几种文体。充满惊人的想象力，唯美，吊诡。对长期从事惯性思维的人有益。

我最喜欢最后一章《火星上的耶稣》，小王子讲起了《一千零一夜》，那些神奇的故事渗出了一些伤感的液体。

来吧，我的兄弟，我的姐妹，让我们把手上的钉孔重叠在一起，这样，就会有人可以穿越这道窄门和我们会合。

关于同性恋。

有一个阶段我极端仇视他们。私人恩怨。

恩怨的伤疤结痂后，是惯性的脱口而出，句式常见“昂他是同性恋？”“他是个同性恋哇”，意识不到这话里把人视作异己的色彩。直到有一次，咣咣反问：“同性恋怎么了？”

我才开始想：啊是啊，同性恋怎么了？这是什么说法？

大多数同性恋，男的，对人都很好，很友善。这些年他们越来越常见，我越来越喜欢他们。

《天方夜谭》

\

\

\

看完《意大利童话》，我准备把家里所有的童话都看一遍。

这本看完，更觉得童话真够能掰的。

就记住两点：一、他们觉得特别好的事就是吃好多山珍海味，然后，上好多好多水果，然后洗手。二、他们颓了以后，就抽自己的脸，男的揪自己的胡须，然后再往自己头上撒土。

《爱情回水》

\

\

\

忘了在谁博客上看到推荐《爱情回水》（又名《超市夜未眠》），就也买了一张看。

大概三分钟后开始后悔。五分钟后觉得这应该是×××导演梦想拍出的片子，以她那么怕不时髦怕老，肯定以为这太时髦了，太牛逼了。

中间也不乏有意思的细节，也能被逗得哈哈笑，但就不太喜欢。就是一MV突然里边蹦出几针周星驰么。

但肯定有很多人喜欢。年轻人，时髦人。男主角像瘦两圈的欧文，中国演员里像文章，几乎可以想象他能够演得极像。

总有人说一代不如一代，其实这样说并不妥。说60后不如50后深沉，70后不如60后艺术，80后不如70后有想法，其实不是，是因为所处的时代太不同，给不到可以深沉，可以艺术，可以有想法的阅历。不是谁的错，是社会的错，谁让它发展得越来越快越来越繁荣越来越科技越来越接不到地气上的苦难呢（那天还听老颓老康们聊到18年前他们21岁时那个著名夜晚的经历，可今天21岁的人在做什么？选秀吧）。既然给不到，也就不要指望人家凭空想象出沉重来，不要悲愤人家对你的沉重不共鸣——没共就只能各鸣各的。我以前专栏写到小时家穷，估计再被年轻人看到会以为是旧社会。老就是老，解放前是老，解放后也是老，在他们眼里是一势的，自己就别分了（但那种仗着年轻就要老逼们都去死的傻逼实在是太傻逼了有本事你丫当下死了永远不成为老逼那我佩服你）。

每一代的集体回忆都不同，可以不喜欢，但不要指责，省得腐朽尽现。大仙写过他的新四项基本原则：善待70后，接触80后，发现90后，等待00后。多么宽广的胸怀。

变老变平静是好事，因为同时视角也会变宽，而不仅限于风花雪月爱来爱去。我以前喜读那谁，犀利佻达比老康有才子气，可最近看他新书，看到五分之一，突然一股厌倦直抵咽喉——除了这，咱就不能说点别的么？咱能不自夸为花心又冷酷的性爱高手无论美坏女丑好女还是美好女都打破头前仆后继哭着喊着要上您的床么？

然后告诉自己：想看别的，去看别人的啊，创作也分品牌噢不风格来的。

当然，每个时代都会偶有老康这种情商永远八岁对姑娘的热情永远十八岁智商永远二十八岁体力却和年龄很相当的不自重妖怪。

人生若只如初见

\

\

\

是在纸上认识绿妖的。那时有一本杂志，突然间就好看了起来。我做过记者，失败的记者，一直羡慕能把人物专访写得漂亮的人，绿妖就是。她写明星，当然仍是明星，仍有距离，因为没有距离就不是明星，但也有了一些似乎云淡风轻的细节，可就是那一点点细节，让那些人没有那么苍白，甚至有了稍许可爱，也让她的稿子与众不同。我问："绿妖是什么人？"

答案并不友好，当然不是对我。我就想：啊，怎么是这样的。所以后来在一些饭局酒局上遇见，也只是匆匆点个头。

然后忘了通过什么途径，得到了一本她的处女作《我们的主题曲》，才发现里面的故事眼熟，原来都是在时尚杂志上看过的。我一般不看这类杂志上的小说，除非我自己的，那些文字大概什么水准，心里很清楚，我想大多数写这类文字的女作者都是这么想的。但原来绿妖的，我竟然在自己意识不到的情况下都看了，可见不能混同于一般美文作者。那时就觉得，此人总有一天能从芸芸众女中写出来。

后来我转去写剧本，之前暗下决心，自此不再摆弄短文。遇到剧本瓶颈，以我易喜易悲的性格，相当低落了一阵。而在这一阵里，偏偏数次看到绿妖的文章，不得不承认越写越好，这让我大受刺激，低落迅速转化为绝望。前一阵翻看彼时日记，发现竟一直在怀疑自己是否两头不到岸，从此废人一个，既下不了新城，也收复不了失地。呵呵心理活动挺多的，她一定不知道她曾刺激过我。

小说写得好的人，骨子里掩不住刻薄。去年我生日，想给绿妖发个男中年，却不是绿妖的taste，但她婉拒得很妙，微微一笑："这位先生太帅了，是演员吧？演员我就不找了。"听得人笑也不是恼也不是，活活顶在原地，好玩。

女作家小说里的女一号多半是自己。绿妖和她笔下的人都来自小镇，卑微与高傲并存，眼里有冰，心里有个能伴她高飞的人，但因为她的成长，那个不能与她俱进的人终归是俗了，她只得一个人在城市的旷野里扑来扑去。人生若只如初见，她飞不出来，就可以一直满足地仰视着他，甜蜜地在他的呼呼喝喝之下，自以为浪漫地过一生。但她注定是要离开的，即使每天她在心里追忆一百次。故乡只是用来成长、用来回忆，没有它，她不是今天的她，但不离开它，她也不是今天的她。

绿妖也写职场，她的职场更华丽更上流。从小镇文艺女青年到上流社会苍白症女患者，这本书的读者面很广。小说里的绿妖，总是在喝醉，总是在跌倒。听说她一度酗酒，后来戒了，也许戒了酒，走路也能安稳些。这本小说，《若不是爱过又把你失去》，文艺青年文艺腔，但那些细腻敏感对接得正确，所以不酸。虽然是几个短篇，但看到最后一个故事，才发现所有的人都生活在同一个空间，也可算是个大长篇。我遇见你，你遇见他，他遇见她，她又遇见我。不是说世界上所有的人都可以通过自己认识的六个人联系上吗？就是这个意思吧。不爱不是一种惩罚，有时候被另外的人爱上才是惩罚，你离开我是我的报应，可你得到她何尝不是你的报应呢？绿妖虽文艺，但也有愤懑，让人觉得其实她是打心眼里蔑视这世界的，所以读来痛快，并不是和世界抗衡得痛快，而是勇于自虐给世界看。痛快过后，一场空虚。因为终归是文艺，文艺就空虚。

《白水煮一切》

\

\

\

十几年前，我在唱片公司当企宣，假装很会交际的样子。一次约某新晋唱片公司的同行认识外地来的媒体朋友。他有点紧张，一来因为全是女的，二来确实不知道如何才能和人迅速混熟……其实我就知道么？

那次局后他大发感慨，说难道和媒体联络感情，合着就是一晚上不停嘴地交换段子么——他以为我乐意么？这不是为了拉近彼此距离，寻找共同笑点么。

大张伟《白水煮一切》，让我欣喜地看到，当年我们交流的段子还赫然在列，看来真是好段子不怕火炼，也能够经历时间长河冲洗而越发璀灿金枪不倒哇。

以前我在网上看过人收集的大张伟的语录，特意收到收藏夹里了。也听说他有个小本本专门记段子，算是术业有专攻了。以为这本书得花两小时看完，但基本上二十分钟也就结束了——就是一本笑话选。他自己也说了：无聊。

无聊才符合时代特点。以前幽默是逗，现在无聊才是。通过这本书提高层次是不可能的，基本上就是了解一下大张伟对段子的欣赏水平。也挺好——总得有人做搜集工作，也算抢救民间文化遗产了。听说二十年前谢园也是连编带写，还自己拿录音机把这些段子录下来，但那都是私下的。现在社会这么宽容，段子都出书了，多进步哇。

其实能以段子会友，更能迅速交到气味相近的朋友。某些人即使互不认识，也能从甲身上看到乙的影子，比如这本书里就很明显有郭德纲的气韵。就一本逗人一笑的小书，起码我随便从里面念了一段，就把人逗得趴台球桌旁边儿无法继续比赛了。现在好多书也都是段子集锦，可能还没这本笑点高级呢，就作者自己被自己逗得前仰后合。

《聆听父亲》

\

\

\

我上学的时候每期必看的一本杂志叫《台港文学选刊》，从那里第一次见到张大春的名字。名字是一下就记住了，看的什么就忘了，印象就是他和那本杂志里常见的文字都不一样，其次就是我看不懂。

张大春大大有名，台湾当代文坛的领军人物，所以我后来一直特别努力地想看进去。可惜《小说稗类》我看了大半年，还是停在20页之前。对我来说，他太知识分子太学问，学问得很学问，不亲和我……我也着急啊，看着别人在那正儿八经写读后感，就着急自己怎么这么钝捏？《花出青嶂》我也看不进去，但那个我就比较心安理得。所以这次听说张大春自传体且深情了，赶紧请回来了。

和这本书平行着看的是一本还没出版的书，也写到家族，也二老爷三大爷一堆，经常把情节看混（更为奇巧的是，两本书都有关某“道”）。说说这本，怎么说呢？挺好。工整，有情，讲究。要说人台湾作家的中国文学底蕴真是挺周正的，大陆作家就都倍儿野或者倍儿洋着野。看到人所推崇的“牛肉馅得放大葱”blahblahblah，怎么说呢，打一比方吧，台湾有一拨说老不老说年轻不年轻的艺人，李立群倪敏然比如，演台湾剧的时候特台，但要演个相声或大陆剧，京片子吓你一跟头，基本功特别扎实，但是——但是你就能在熟练的京片子后面觉出他是台湾的来——这就是我一边看《聆听父亲》一边涌现的奇怪念头。

《写过字的笔记本》

\

\

\

前一阵东村艺术基地活动，大掰子去了，拿回的赠品里有本诗集，说“写得挺好”，作者还朗诵来着，最后就剩她念的这本了，他硬要的。我在线告郭小老师，她灰常失望——原来并没有吸引陌生叔叔的能力。我安慰她说大掰子不知道我认识她，她还是有点失望，因为诗集是卖的，15元，大掰子没给她钱。

郭小老师是80后里靠谱那批。有才。这些诗让我在某些瞬间想起夏宇，廖一梅。总之文艺。但她还朋克呢，和另三个女孩组了个乐队叫“巨头四”，这周末在新“愚移”有演出。有一次赶上我脑子错乱期，问“你们那个‘特别二’乐队”……

《候鸟和叶子》

\

\

\

太阳带着我回来了

我寻找着旧日枝头

我爱上的那片叶子

虽然他从不与我说话

虽然他和风的关系

有些暧昧

可我却找不到他

他躲进了绿色

和他们一样虚伪

“一片叶子”

我呼喊着

听到无数个回应

都不是我要找的

就像无数片叶子喊

“喂，一只鸟”

我不知道是不是

在呼唤我

太阳

我不是一只纯洁的候鸟

明年别再带我回来了

我想在异乡的石头台阶上

冻死算了

《青灯》

\

\

\

我很少看书看到想流眼泪。但这本书里有几篇追忆故人的文章感动了我。尤其是冯亦代那篇。

前半部分的忆念比后半部分的游历好看。

一边看一边觉得一个时代就像天上的一块云。刚还笼在你脑袋上，似乎你一直被它罩着，可稍回个身，再低头，竟然在地上看见自己的影子，抬头看云，已到天边。

《天使爱混蛋》

\

\

\

女友谈感情困扰，无言以对时我突然想到：你去看陈幻的《天使爱混蛋》吧，里面各种感情问题，总能找到适合你的答案。

在这个守着电脑便知天下事的年代，我可喜欢“百度知道”和“新浪爱问”了，多神经病的问题都有人一本正经地回答。我建议里面可以加一个《天使爱混蛋》的黄页。

女性的感情困扰不过四点：他爱我？他不爱我？他值得我爱？他不值得我爱？在这本书里，女性们（偶有男性）换着花样以各种包装提出这四个问题，不知道是真心求解还是真心找骂（有人甚至直接提出“骂我几句”的要求，周星驰电影中此处应答“一辈子都没听过这样的要求”继而成全）。但人在爱中，基本也等同于人在病中，对此我表示感同身受，因为陈幻的回答让我恍惚想起我们在MSN上的对话——闺蜜就不是病人了么？不要以为大家熟就可以无视。

陈幻其实是一个隐形八卦小姐，不知道是这几年情感信箱答出职业病否——也爱打听，并且打听的姿态也很执著，但对于自己就口儿很紧，一般那种以隐私换隐私的闺蜜速成方式在她这里并不成立。看她扮知心小姐传道授业解惑，话不多，但干脆，并不走谩骂范儿，倒像数落闺蜜，哀其不幸怒其不争——“哀”很重要，总是有同情在里面的。不像比如万峰老师那样的，内太猛了，内基本上不是大家向他请教，而是逗他生气。

现在Q&A很时髦，其实我也不觉得人真有那么多要问的，只不过以问的形式发泄和表达一下情感，甚至“百度知道”里那些神经病就为了秀秀自己有多神经病，所以我觉得这本书的备选名字《“一”帮“二百五”》更恰当。当然，也不能否定杂志上的匿名请教是因为实在没信得过的人可说，特困扰特困扰，这年头儿谁也靠不住啊，就像陈幻自己也在书里说：当你把隐私告诉了一个人之后，这已经不能叫做什么隐私了，人家没义务为你负责。就当在《女友》上做情感指导的她是个永不会泄密的女友吧。

反正来来去去，天下事的根源归了包堆只在一条：死不去就得活下来。还能怎么样呢？总不能劝你去死，或者劝你令别人死，there is nothing new under the sun。你看人陈幻活得不是也挺好么？你当知心小姐就全明白自己的心么？

《文工团》

\

\

\

人“唱老歌疗新的伤”，我看老书，补课。

这本书时的王安忆应该还非常年轻吧，前半生，小时候，插队，文艺团体。各种风格，各种很张力。里面有两三篇不算小说，是散文。

像《悲恸之地》这种，又很电影感。甚至能猜到当时看了大概什么电影。

有人说不看小说，因为怕自己模仿。对。但模仿是难免的。模仿是一个正常的过程，模仿到后来，变成吸收，成了自己的，所谓踩别人肩膀上新的高度。所以不必那么狷介。

《道士下山》

\

\

\

目前我就粉两个1973年出生的人，一个是郭德纲，另一个就是徐皓峰老师。

我向身边有可能喜欢《道士下山》的人们强烈推荐。明星说，似乎没你说的那么好玩。我丈夫说，作为小说来讲，结构有点乱。这本确实没有他月底将推出的《国术馆》好玩，但也够好玩了。大家笑点不一样，我笑点如此特别和高雅。

结构是个问题。但我替徐老师争辩说这是因为没写完呢。因为他知道得太多。千头万绪想哪是哪，随便信手拈来发展出一段，就是很有趣的人物特写。那些武林中人，皆有影，影虚，那些武学，神通，更虚，但真是好玩，神秘。书中的口诀与姿势，都不是胡编的。

文笔非常干净，流畅，稳，尤其，还中国。如果能因他而重掀武术文学热，就太好了。

我一粉谁，谁就迅速臭街。我希望徐老师的文能被更多人喜爱，但不希望到臭街的程度。希望文学与文艺还是打击面不同吧。

《禁卫军之树》

\

\

\

看出来了，这位朋友确是以游记见长的。

这本书是作者第一本小说，2007年得了爱伦坡奖，好多人觉得作为一个悬疑小说，写得太不悬疑了。但我读得还挺舒服的，缓缓地展开了一幅土耳其风情画卷——哇靠，好准确的套话。封面很好看，蒙着纱的脸只露一双美目，但仔细端详，红纱下隐隐两撇小胡子——主人公是一个阉人——因为文字的细致，我竟然觉得作者与主人公合二为一，不急不徐，超然物外，因为，世间烟火与他全无关系。

但有一点我没看明白，作为一个阉人，他是怎么与大使夫人发生关系的？谁看明白了告我一声。

《国术馆》

\

\

\

去年写《逝去的武林》读后感，机缘巧合便认识了徐皓峰，也才有机会先睹为快《国术馆》。字数很多，电子版看着也费劲，但还是以最快速度读完。每夜守在电脑前，一人儿狂笑。因为还没出版，也没法跟人分享心得，急得我。

美妙的阅读过程：狂笑，捶地，心如刀绞，悲悯，high……各种不可能关联的情绪接踵而至。与“奇书”的称呼相比，“邪书”似乎更确切。如果对徐老师的了解仅限《逝去的武林》，那这回开眼了——可塑性太强鸟人家。内心之丰富，触点之纷杂，手法之吊诡，竟然让这本书具有了一种深邃的流行气质。

终于出了。我也终于长出一口气。

前一阵徐老师请看话剧（对该话剧我就不评论了，当然这句话就是评论）。因没有特意说明各穿什么颜色的衣服手捏哪天的报纸，所以百度了一下照片，看得模模糊糊，大概用脑子快照下来。到剧场寻摸一圈不像在，电话一问，人说，散场才来……

总之徐老师很高大很知性，既不像会武，也不像有神通，和书里的“我”不是很对得上号。

后来有机会与徐老师面对面地谈话，但基本我就是旁听，他与我丈夫说的字我都认识，都听不懂。我插嘴不多，每次都问得很冷。比如，你信什么教哇……你会神通么……你写作都受谁影响哇……基本上也就称职地表现出一粉丝面对偶像的打哪指哪吧。

回家又看了一遍纸书，开始很克制，不笑。后来不笑不行了。脑子里又庸俗地想着能不能搬上大银幕哇……想来想去，也只就周星驰能拍。换谁都是糟贱东西。

这本比《道士下山》写得好。写得特好。徐皓峰回答了我关于写作的提问，我最喜欢的一点是“减”。多的不说了，反正我同意。

所以徐老师文字干净，减得。又中国。看到有一个人还写着这样的字，有点感动。

《国术馆》有《逝去的武林》的人物延袭，如果喜欢后者，前者要看。如果没看过后者，两本一块儿看。

这是武侠小说的新流派，千奇百怪的小人物，能让人笑和伤心。

《发乎情止于非礼》

\

\

\

好久不看专栏了，就顾着整天看帖。再一看老弛的，写得还是好。在专栏里。

老弛聪明，爱琢磨，一个小笑点能琢磨大半个月。可惜他不会打字不爱上网，呕心沥血想出来的饭桌上刚一抖，就被别人抢着传播到网上了。也怪不得他会写“我要是上网……”谁让你不上的？晚上网的鸟儿……就只能玩自己了。

这种小品文式的有质量的专栏不多了，老弛很珍贵。就甭在DV上浪费精力了，有些东西拍出来就没劲了。

《让我去那花花世界》

\

\

\

人们每提苗炜，言必及“闷骚”。其实还行吧？要不就是我不太了解。从《有想法没办法》后，太久没看他文章了，博上的不算，和捧手里不一样。

这本是游记，经常是××说，×××说过，特别有知识并且热爱知识还让你长知识的样子。挺好的，还老嘀嘀咕咕一些小小的情怀——或者，这就是闷骚？也不至于吧。一个男的心里总要有些这玩艺才算有意思的人。

我老觉得这本写得吧特别像翻译的……内格式和句式。

有一阵苗师傅练英语，在SPACE上英语记事。太逗啦。第一篇记的是一美女作家，因为不是母语，写得特别老实基本常见，所以才更可笑。我反馈了感受后，苗师傅马上把它删了，当然也可能是加密了。

因为曾经的唱片企宣经历，我能够准确说出这本书的书名来自艾敬的《我的1997》。但可能很少人知道这首歌曾翻译成英文，很funny，尤其是这句“让我去那花花世界吧”，译文为“let me go the wonderful world”，后面那句“给我盖上大红章”译成“give the passport to this girl”……苗师傅给看看译得怎么样。

《上流女孩当如是》

\

\

\

不知道困困最开始写东西是什么样子。有时我看她博客，老觉得她写得挺三联的，他们有类似的格式和句式，是相互影响还是物以类聚捏？

这本书看得还挺感慨。一直不能相信困困是80后，可能因为老男人饭局里时常见她。一边看一边想，一个小女孩，知道这么多人的际遇，安排不同的笔墨表达，要是我，肯定就颓了。因为际遇这个东西，不管辉煌或是不佳，后人提起，一句话，或者撑死了半顿饭的工夫，如浮云掠过。当时那么努力地挣巴着自以为精彩地活，虾米都米留下也就是点谈资大多数也就自以为精彩了……我中年危机了吧我？

反正我干不了记者……把以前干过的事全否定——再也不！

困困不颓，也不浪，挺好挺性情的。

《紫阳花日记》

\

\

\

丈夫无意中发现老婆的日记，从此偷窥上瘾，隔一阵不检查其思想动向就难受。

才发现自己的出轨早在老婆掌握之中，老婆平淡的动作下其实波澜万丈。他平时稍不留意的蛛丝马迹都被老婆尽收眼底，一一记载并挨个儿求证，从怀疑外遇到确认姓名到打上门去……白天在家俩人相处得都跟没那回事儿似的。

中年危机是指普遍存在么？而老婆化解的方式是自己也找了一外遇。从此理解了丈夫，理解了小三，理解万了岁。

归根结底，只是理解自己吧。理解别人的目的其实不过是为自己找辙吧。

丈夫被妻子的日记勾引住，边看边着急，捶胸顿足，大发议论。平时还得因为要脸找别的碴儿发火。慢慢，按照事物的发展规律，小三淡了，他也淡了，妻子在外面那一头儿也淡了……明天还是要继续，太阳照常升起。

这是我看渡边淳一的第一本书。挺好。

2008年，娱乐版社会版都闹小三。很多loser化身成当事人反正也看不见的正义天使蝼蚁义正词严，发誓要把人搞身败名裂甚至把人工作单位电话打爆……不过是发泄自己在日常生活中的郁郁么……觉得自己说话特别有分量了吧？因为网络发言的匿名，觉得自己的黑影高大起来了吧？猥琐的真身都崇拜起自己了吧？觉得搞臭人的汪洋大海中也有自己一口唾沫在积少成多了吧？痛快了么平衡了么……有你们丫什么事啊？

多年前张艾嘉与有妇之夫未婚先孕，有三十位体面妇女组团抨击她，她只简短地回应：我相信这三十位女士的个人生活中，也有各种难与人言的状况吧。我一直不喜欢张艾嘉，但这话说得真漂亮。

年底娱乐盛宴那两封公开信写得太来劲了……各种热脸贴冷屁股。

而小三……小三最傻逼的地方在于，以为对方只有跟她这儿才是爱情大婆恨不得都是指腹为婚包办的。您真funny。

小说结尾，妻子决定不再写日记：将所有的事情全部装在自己心中活下去。我也不知道到底能装多少，但是有一点可以肯定的，就是这样的话，时不时来偷看我日记的丈夫，也终于可以安心回到他自己的日常生活中去了。

《幽默是一种心态——老舍笔下的人生幽默》

《耕堂杂录》

\

\

\

老舍和孙犁是我至爱的作家。那天和我丈夫聊，说老舍真是好人，越幽默的人，心里越悲凉。

……幽默的人只会悲观，因为他最后的领悟是人生的矛盾——想用七尺之躯，战胜一切，结果却只躺在不很体面的木匣里，像颗大谷粒似的埋在地下。他真爱人爱物，可是人生这笔大账，他算得也特别清楚。笑吧，明天你死。于是，他有点像小孩似的，明知顽皮就得挨打，可是还不能不顽皮……他悲观，他顽皮，他诚实：哼，他还容让人呢，这就更糟。按说，一个文人应当老眼看六路，耳听八方，有个风声草动，立刻拔出笔来，才像那么一回事。战斗的时候，还应当撒手就是一毒气弹，不容来将通名，就给打闷了气。人家只说了他写错一个字，他马上发现那个人的祖宗写过一万个错字，骂了祖宗，子孙只好去重修家谱，还不出话来。幽默的人，糟心，即使他没写错那个字，也不会去辩驳："谁没有个错儿呢"他说。这一说可就泄了大家的劲，而文坛冷冷清清矣。

再想到他后来——悲。

我觉得二蛋的文笔有点天然的老舍风。

孙犁是清冷。看大仙旧文，写孙犁去世那天我还哭了……肯定是撒酒疯呢，找辙发泄一下。这本《耕堂杂录》是1981年出的，薄薄一本小册子，标价三毛九，我丈夫找出来推荐我看其中《书衣文录》部分，是他给自己旧书包书皮，在上面写下的一些感触，半文半白，都很短。内心之料峭，让人伤感，偶有玩笑话，清冷更甚。突然有种少时有大人劝不要在此年纪看《菜根谭》的感觉。

战争与和平

余进城后，少买外国小说，如此大著，尚备数种。此书且曾认真看完，然以年老，不复记其详节。书物归来，先为魏小姐借去，近家人又看，因借机洁修焉。

余幼年，从文学见人生，青年从人生见文学。今老矣，文学人生，两相茫然，无动于衷，甚可哀也。

此系残存之籍，修整如此，亦不易矣。

一九七四年七月四日灯下记

古今小说

有一年不外出散步，今日午睡起，食柿子一枚，觉腿脚有力，仍到胜利路一带，车辆增多，污秽如故，择路而行，小心瓦砾。此种散步，不如闭户。

一九七五年十一月十日

这种格式，鲁迅是鼻祖么？我见一些文化人私下模仿，老葵说他上学时也曾。所有这些人，都曾被我在人际交往小本本上写下“不合时宜”之关键词。

《银元时代生活史》

\

\

\

最早是狼师傅推荐陈存仁，说写旧上海事，野史，有意思。近来在文艺或口占“你才文艺你全家都文艺”之中青年中走红。

陈善结交名流权贵，但姿态并不恶心人。所以书中多是名人逸事，“我在现场”，写来又一派落落大方，谦恭之外，并不刻意巴结，自重。他在书中几度提到老师的教训：交朋友要交比你强的人，而娶妻就一定要娶不如你的。也一直这样实践，在处理感情问题上，才能以短痛换下长痛的少年情怀，理智择门当户对的妻过风平浪静的日子，是极现实的一个人。

他从来也不讳言对金钱的重视，但并非一味钻钱眼儿里。从青年起，即不吝金钱收集珍贵药书，整理药学词典以荫后人，在稿费上吃亏也就算了。该谈钱谈钱，该做事做事，虽现实，但是老实的现实，人又勤奋，待人接物妥贴稳当极了，也难怪名流权贵总会对他刮目相看并信任有加。

书中很多观点，比如对借钱的态度，直率也通透：

……如果真正值得帮忙的亲友，花了钱，就要下定决心，不希望他归还；把到期不还当做是意中事，如果到期来还，反而要视为意外。二、有许多亲戚，或是尊长、师友，本来是有恩于我，或者真正的有为人士，就是缺乏学费，或缺乏经营资本，应该爽爽快快予以援手，但是这种钱拿出去时，该要说明这不是贷款，而是赠与；换句话说，不希望来还，要是抱定施恩不望报，那么心中最是安乐，而永无烦恼。三、对于若干青年人，如果有时来向你开口借钱，你应该直接爽快，严词拒绝。借一分钱给他，就是害他一分，养成他借钱的习惯，断送他一生。所以借给他等于害了他，这是千万做不得的。至于有嗜好的人，更是借不得，即使伤及感情，也无所谓。因为这种人，一借之后，会得再借三借，缠绕不休，总要弄到大伤感情而后已。那不如抱定宗旨，决不能开端，要他死了这条心。虽说，在这人第一次开口借钱时，就要伤感情，多气恼，三次五次之后还是要闹翻的，事实上，只要本人无愧于心，借钱的人，可能口出恶言，你以静制动，可以付之一笑就没有事了。

这些道理，都是那些年长之人告诉，可见有人生经验丰富的朋友指点两句，就能够获益终生。而对于家境平常的普通朋友，他也并不回避嫌弃，做人还是很坦荡的。与同业陆渊雷官司后，仍能做回朋友，后陆为陈所编《伤寒手册》作序，文字颇堪玩味：

……陈君比我年少十余岁，而医术比我高明得多，业务蒸蒸日上。我则磨刀背二十余年，青毡未脱，措大依然。陈君所交游，皆一时贤豪长者。我则拙且嫩，不善交际。故二人虽同业同地，若论交情，用得着太史公掉的两句文，叫做“未尝衔杯酒，接殷勤之余欢。”去年陈君不弃鄙陋，折节下交，因得时与宴谈之合，接清芬而上下议论。果然见面胜于闻名，我始知陈君奇才卓然，其成名通显，非幸致也……

从佛法言，过去生中善业的结果，有福德智慧两途。福德是布施的果，智慧是持戒禅定的果。然欲传布智慧，仍须福德为凭借。观于陈君与我，益见佛法之真实不虚。我自己说得不客气一点，稍有些智慧而已。陈君则厚福人也，他书中所论荦荦大端，皆我昔年大声疾呼，欲以一得贡献同道者。不意因此招来诽谤，蒙离经叛道之罪名。现在陈君轻轻松松地说出，读者也轻轻松松地欢喜信受，曾无疑沮。如果不是陈君的厚福胜我，对于我两人发出同样的见解而获得绝端相反的反响，怕没有理由可以说明了。陈君既有福德，我万望其信解因果佛法，进而求究竟解脱之道。此我所以报陈君下交之意者，以视仅仅为手册校阅作序，其轻重似非算数譬喻所能及矣。

此文读毕，莞尔再三。

《一句顶一万句》

\

\

\

最近几本书一齐读，竟然都读得吃力。只有这本，到手两天就看完了。读时刘老师如在眼前，绘声绘色。

这书由2006年写到2008年。记得那时刘老师就常说：一件事并不是这一件事，后面还有另一件事，而另一件事之所以为另一件事，那是还有第三件事……

《一句顶一万句》，由甲说到乙，乙再延伸出丙丁，丙丁更因戊已庚而来，原来辛壬癸马上就到……看似生活以发散型枝节编织，其实……

其实是一个旋涡，深而有力，容不得挣巴，让人力不从心的旋涡。很多时候人的力，小于等于无力。

我喜欢80后郭小寒形容《一句顶一万句》的话：**提刀上路，沉默寡言，然后找一个知心的人，说句凶险的话。**

随喜

赵赵／图

云上的日子

有人问为什么拍这张照片。我说喜欢这云，不像北京，像欧洲。遭到耻笑。

后来发现同一天，前后脚的时刻，好几个人拍了这云。好几个文艺青年。

在北京。

从前很喜欢在旧居客厅的窗前拍外面的风景。

不知下一次会是什么时候。

那阵儿老听nick cave的《to be by your side》，是法国纪录片《鸟的迁徙》主题歌。片子的第一句话是：候鸟的故事就是承诺的故事。

石奋斗

“让我被埋在深海，不知后来。”——林夕《出埃及记》

我喜欢把手泡出这样的皱褶，像脑花儿。

抽烟吃零食这类事，是为朋友练出来的。

我自己待着没那么无聊，有时候和朋友一起反而更无聊。

主要是自己无聊也就无聊了，可和朋友一起，得为无聊找个出口，不有点动作似乎不礼貌。就找点磨牙的事情假装有的忙，效果是让无聊有了一个无聊的形象。

太玉园

四季的光线可以分辨，冬天偏蓝，似乎更清晰。

冬天还有一种特殊的味道，一种可以称做“鼻青脸肿”的味道。

有一阵儿迷上杀人游戏。一堆人找地方一坐，二话不说，杀。

杀人游戏的有趣之处在于可以迅速了解一个人的特点。后来我常建议相亲的人直接参加杀人游戏，一来人多热闹，不会显出无事可干无话可说的尴尬。二来因为需要交流，可以名正言顺地递话儿而不觉羞涩。三可以观察到此人的细节，比如是否聪明敏锐，是否有团队精神，是否对输赢结果过分在乎。

有人说我撒谎的样子就像“抓到杀手牌”……

我不是不会撒谎。我会，只是撒不好，老被人一眼看穿。显得本质很老实似的。

但也许我就是想让人看出我撒不好谎呢？于是他们就相信我本质老实了。

这位是我爱人

我把相机对准洗手池的下水口，尽可能接近，以用眼睛感受水在进入黑暗的管道前的质感。

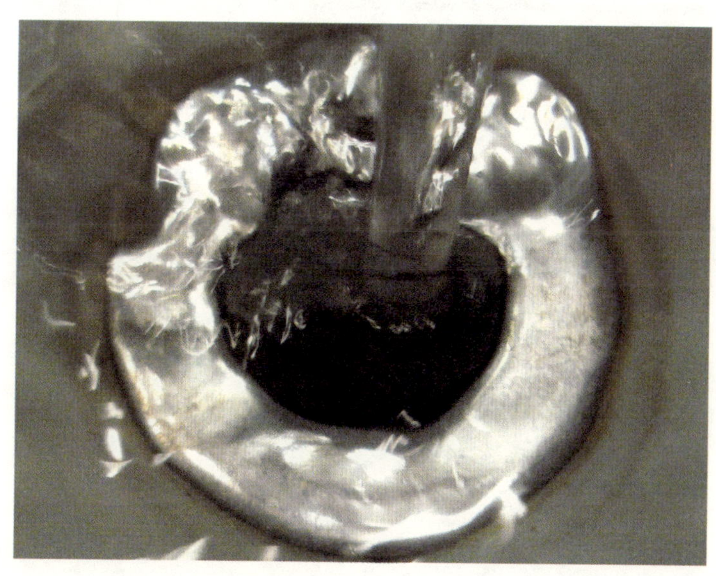

床头的同一朵百合。

这是我第一张有人想买的照片。虽然她不知道我拍的是什么。

是茶壶的壶嘴。

里面沏的菊花。

我全身，最瘦的是影儿。

从前住在西郊石景山，每次去市中心，都说『进城』，成年后认识的那些『城里』的朋友都笑我土。

现在又搬到东郊，不但说回『进城』，且每次去附近最繁华的新华大街，我都会下意识地说：『去镇上』。

近八点，夜色越来越重，高速路边的街灯逐一亮起。

以前一直以为街灯是同时亮的……所以才会在《动什么，别动感情》的结尾写：

『他用力抱住了她，她的手在空中停了半晌，终于，她也抱住了他。街上所有的路灯突然间都亮了。』

那时很期待导演能拍出我想象的画面，但没有，只有男女主人公抱在一起，从白天抱到晚上。我问为什么这样，他说拍不到街灯同时亮起，难度太大，只好拍他们白天抱一次晚上灯亮抱一次，再剪到一起。我说谁会抱这么久啊，他说那我可不管……

原来街灯是逐一亮起。

我想，每天知道一件从前所不知道的事情，这一天就没有白白度过。

街灯亮的那一刻，fm97.4正放着eagles的《love will keep us alive》，突然有点感动。

洗车房的狗，长了一张人脸。

这双鞋，十年，终于不能再穿，底儿烂掉。

当代商城，二百九十五，不是我付。

十年之后，我们不是朋友，不可以问候。

去东环广场看完《如果爱》，开车在路边等他们慢慢出来，看见大楼里一对年轻人。匆匆掏出相机。

效果很差，但动人。

SALLY一度喜欢名牌。后来去趟环保城市西雅图，深受触动。回来说不再买名牌了，没意义，不环保。那段时间还真是身体力行。

一天她穿了双极美的新鞋。PRADA？不是。CHANEL？不是。咳自己说了吧YSL……

还是恢复了旧日的生活习惯，不过低调多了。

不用勉强改。人只活一辈子，那一刻是真心的高兴就好。真心的高兴时，散发出的分子都是健康的。

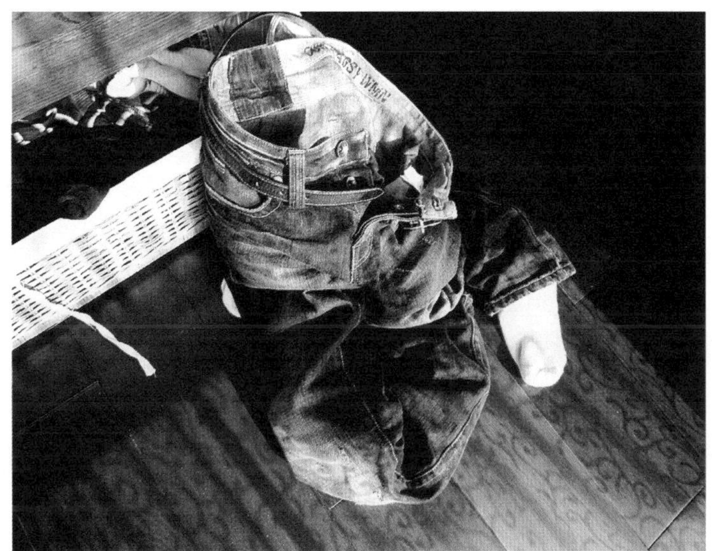

我洗澡去了。

去“张一元”听相声，座位靠门，离台远。

前面是徒弟们垫场。说得不是特逗。走神儿。

远远看见这位老爷子，托腮闭眼，一动不动，无论旁边的人说笑也好，不耐烦也好。我知道他不是睡着了。

倒不像泥雕，看他脸上垂垂的线条和质感，倒像老面疙瘩拧的。

正月十六，年就算过去了，花炮也不许放了。所以每年一到正月十五，城市变成炸窝的海洋，空气中弥漫硫黄的味道，满地颓败的碎屑，空中有此起彼伏妖艳的焰火，像宫崎峻《狸猫的故事》里狸猫们拼了命化身异形的诡异游行……这妖兽的都市。

由叫做北京的这个地方，那一夜，蒸腾了雾气沼沼，连月亮也模糊了。

居然有一种焰火，飞天时如小孩的哭声。

刚搬到楼房的时候，楼里还没有年龄相仿的小孩。夏天把皮筋拴在门口的柳树上跳，有过路人看不下去，说树还这么细，你这么跳，它们会长不好。

后来我就对着楼外面的红砖墙打乒乓球，砖有角儿，小白球总是出奇不意地往各个方向乱飞。

再后来就搬来小朋友了。

再后来我就长大了，结婚了，搬走了。

前一阵回父母家，把车停在柳树旁。当年手腕细的柳树长成腰粗。人生真如白驹过隙，忽然而已。

就真回不去了。

酒厂艺术区。

是酿酒厂改建的。闻不到余味，但有些很年代性的建筑还在。

一开始我以为是艺术区里的作品。

人说你有三颗心。

蜡烛外面有一个玻璃罩子，所以就有三颗心。

RIO BEIJING

她吃饱了就睡着了。

其实是装样子，表示吃饱了。

忧伤的纳纳。

连小孩儿都看出她的不高兴。

她有些心事，大家都知道，但都不好意思问。

神堂峪还是美的，资源好，但相辅的设施跟不上。

狼媳老想找块儿地来管理，经常打家对面儿的公园的主意。

其实这里倒很适合。

如果照片有声音，这一张应该发出蝉鸣吧。

配以森田童子的《逆光线》，气若游丝的声线，阴冷的歌词：

寂寞的发慌

屋子里静悄悄的

夏天来临了呀

我流着汗

望着蓝蓝的天空

寂寞的夏天

和

白色运动衫

刀片慢慢的陷入我的手腕

静静的

看着我的生命涌出

寂寞的酷夏

在一片苍茫之中

我一个人

是很容易疯狂的啊

十一我们去参加摩登音乐节。

场地里有好几个舞台，人也不是很多，我们并没挤上前，远远听了听，就接着玩自己的。大家只是为谋面找个由头。

在对着舞台的草地上扔飞盘。飞盘是我从网上买的，有“可口可乐”标志的纪念品。

小时候总看人玩这个游戏，心里知道看上去容易，玩起来并不简单，所以从来也没玩过。

这次和同样没玩过的人站在同一起跑线上，就放开了。

音乐节上，未婚的中年有点高兴地看着已婚的中年。

各自如鱼饮水，知各自的冷暖。

小孩真可爱，只要不是我的。

It's my life.

过年，发现自己永远在超市里。

老从这些鱼的身边走来走去。

这时候我们就像鱼了。

艳照，还门。

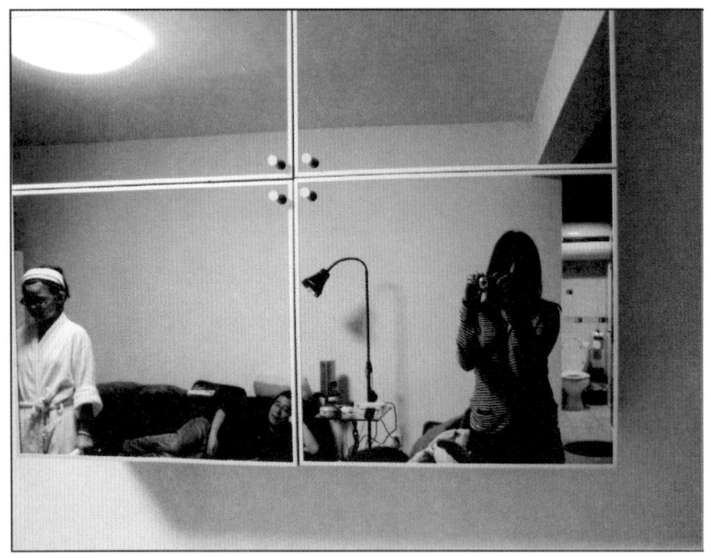

三口之家

我给《城市画报》写的第一篇专栏，《一切从三里屯开始》，其中有关于jazz ya的一段：

“……我还记得去的第一间酒吧是jazz-ya，那里有巨好吃的改良西餐和日餐。在那里，我和我的朋友们，差不多前后脚儿地遇上了一些人，有一段时期，基本上把那儿当成自己家食堂了。在眉来眼去阶段，每天坐在同一个位置，你朝西我朝东，无语凝眸。

我们在三里屯桌边一大群看着都脸熟的人群中相遇，在三里屯的美味酒菜中感受爱情的微妙氛围，在它的周边踏出一条不算太深刻的爱情路线，直到分手，某一天，想避开有可能再见的尴尬而去到另一间从未踏足的酒吧，推开门赫然见那人与三五男女闲坐，若无其事打个招呼然后忍着满腔郁闷退出狂奔回家捂着一颗破心呻吟不止。

在三里屯泡吧，可以有很多选择。但在这条灯红酒绿的街，发生的往往是没有结果的事。而我们仍凭着惯性一晚晚待在这里，等待还能有什么从这里开始，或者重新开始。

一切从三里屯开始，然后在三里屯或者三里屯看不到的地方结束。在这儿，我们既是演员，也是观众，谁不知道谁呀？！ 有谁在那里遇见了真正的幸福？敢站出来吗？

如果有，丫肯定特浅薄。”

jazz-ya重新装修后，我还是第一次在这里吃饭。不过你朝北，我朝南。

现在我总会以为，我们是从小一起长大的朋友。十年前那段日子，竟然像童年。

Jazz-ya
since1995

《北京的冬天》是郁冬的歌，十年前他唯一那张专辑《露天电影院》的最后一首。以为没谁记得了，谁知在南京买到CD，其实只出过卡带。

在某个起猛了的冬天早晨，这样的歌让人心里堵到窒息。

今日晴朗，竟然下雪，太阳雪。这是去冬最冷时从我窗口拍出去的风景，照片里的河结着冰。

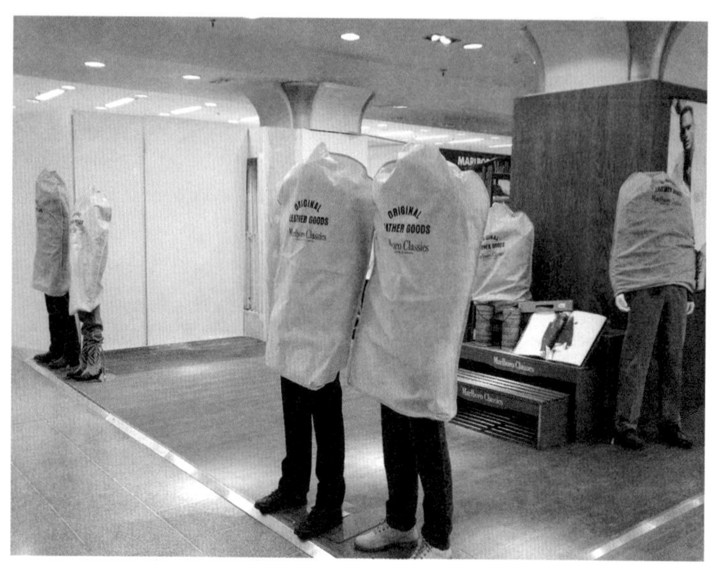

商场放起KENNY G的《回家》，他说：快看快看，快拍快拍。

这样的饭，真舍不得吃。

其实不太好吃。看也能看出来，酱放得太多了。咸死。

某年夏天摄于东四某十字路口。

拍的时候正好变绿灯，不得已车已开动，根本没看取景框，所以拍得不理想。

但想删的时候，发现背景竟有三个类似十字架的东西。

我在出租车上只拍两样东西。

一. 旁边的公共汽车；二. 自己的大腿。

这张照片是我爱好摄影的起点。

那一刻突然发现一切都可以美化。

后来又觉得，其实是头脑先去美化，再指使眼睛美化，最后用相机完成美化。

我每周末回妈妈家。

刚买车的时候，每次回家前都把车洗得很干净，因为妈妈很要面子，希望邻居看到自己的孩子光鲜整洁。

后来就懒得洗了。其实买灰色的车的初衷也是因为它经脏。

我给自己的借口是：邻居应该也了解了她的孩子很好——就可以了。

往往我只用雨刷把前窗擦干净，不影响看到路就好了。

那天在阜石路上，对着阳光发现，该洗车了。

“海上”在三里屯3·3的北侧巷子里。一度常厮混于此。

各种网友。

各种来历不明。

各种过去现在未来。

各想各的。

太阳没下山

太阳下山了

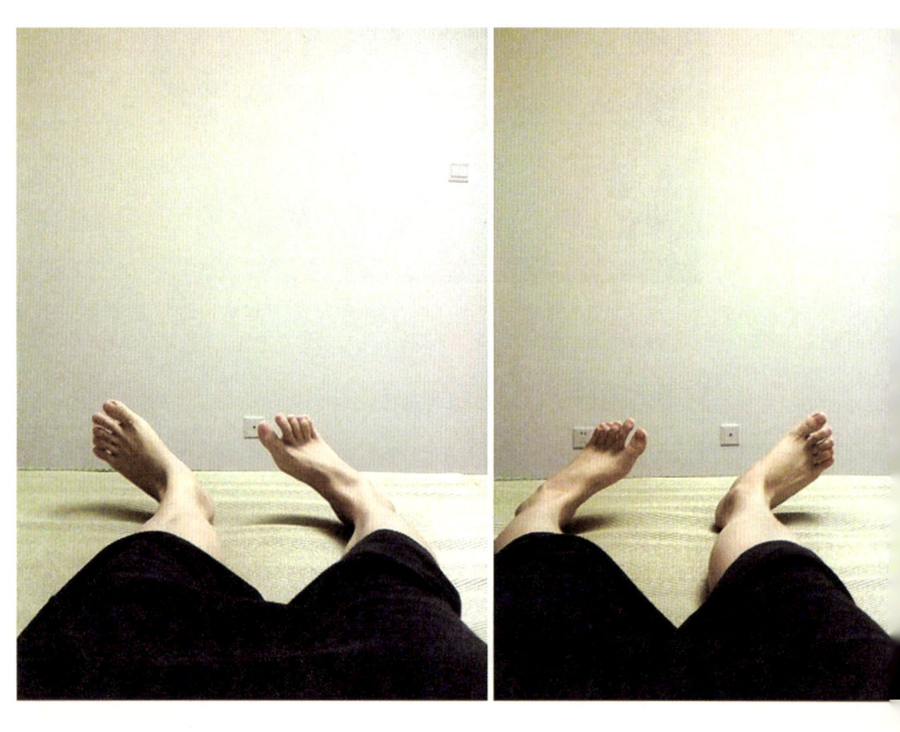

一个人在家的无聊晚上

他们在拍一场男女主人公吵架的戏。

场工把楼道里所有的东西都挪到角落里，不至于影响到灯光或摄影部门。

这只盆栽的小象就被搬到楼道拐角的地方，像在小心地听墙根儿。

剧组房间门外的挂牌。

我不是很肯定日语里“邪魔”的意思。

但想起来李碧华有一篇文章叫“逢魔时间”，好像是指黄昏的时候，人的精力、情绪达到一个很低的点。

但每个人逢魔的时间又不尽相同。

化雪的时候，脏的北京。

真亲切哇。

很想在这张照片上题上下款，然后盖上自己的手戳……

作为一个业余摄影爱好者，还是有遗憾的。

有时候因为这样那样的原因，拍出来的并没有真正看到的美。

我就安慰自己说，所以我会一直记得拍不到的真正的美。

我一直记得《围城》里说孙柔嘉的结婚照，照片里『差不多是她理想中自己的脸』。真刻薄哇。我们中国文学女青年的祖师奶奶肯定不屑于把自己的长脸P成这样可爱。

婚礼定在四点半举行。

都准备好了，会场，人。谁知来宾往草地上一走，天就落了几滴雨下来。

起初不以为意，有点小雨倒也有情调。可雨越来越大，只好退到檐下。

都有点茫然。不知道是否仪式会转到室内。

好在过了二十分钟，雨过天晴，阳光水洗般透亮。

北方人说婚礼下雨，新娘子厉害。

婚礼上感到无聊的小孩

去年夏天在藏红花，看到耀扬在餐厅外的过道上弹吉他，弹得乱七八糟，不知道他为什么要学，什么时候才能学出样子。

昨天他结婚，唱首歌给新娘，月亮代表我的心。准备了一年，因为紧张，还是嗑嗑巴巴。“深深的一个吻”时，新娘给了他一个吻，不很深那种，但他唱不下去了，“深深的一个吻”断轴儿三次，然后怎么也结不了尾，忘了调，一直在唱副歌，叫我思念到如今，叫我思念到如今，到如今，到如今……

可能他怕看到她哭的样子自己会哽咽得更厉害，就一直傻瓜一样把头扭向一边不看她……

污染这么严重，世界上怎么还会有如此干净羞涩纯真的男孩呢？我能理解为什么新娘作为佛教徒还是兴奋地说“感谢上帝让我遇见他……”

婚礼上的女宾。

这个婚礼，新娘要求所有来宾正装出席。

我丈夫出门前问：我要穿什么？

我想了一下，说你还是穿西装吧。

没想到新娘一见他，就上来拥抱了他。

原来，之前来的几个男的，平时穿什么，这天也穿什么，夹克，套头衫……新娘都哭了。

昨儿走到北海，黄昏，等红灯的当儿觉得：怎么就这么美呀！这样透亮的光线，这样一直在的地方，才是我心里的北京。过红灯的时候，看见护城河边儿上一堆的人，支着三脚架拍角楼黄昏呢……都觉得。

帮某个报纸写“我最爱去”的文章，还要配图。

我就冒雨去了后海。

那时的后海，还隐约有从前的气质。

后来才知道我理解错了，他们指的是旅行的地方，我当做了日常生活。

那之后我开始喜欢旅行。而后海已经很久没去过了。

旧家是幢三叉戟形的老楼，里面住着好多老作家老艺术家。夜里到十二点，电梯就停了，要到凌晨六点才开。那时候我们爱玩，在外面泡到很晚，回家就得一前一后地爬十二层楼。我总是后面那个，一边爬还要一边回头，总觉得会看见一张陌生而冷漠到可怕的脸，自己吓自己玩。

到十层的时候，我们得站住喘一会儿。

我丈夫说以前楼道里一度出现大便，弄得晚归的人人心惶惶。恶心倒在其次，主要是万一撞见某个德高望重的叔叔伯伯蹲那儿方便，实在尴尬。后来大便消失了。

他说完没多久，电梯工说，十层又开始出现大便了……

有个朋友以前是跑刑事案的记者。他分析说，这个变态应该是住在十一或十二层的独居老头。原因是：一、老太太半夜跑出去变态的可能性比老头小得多；二、一般人作案会往楼下走，而不是往楼上——就像以前那种隔层才有垃圾口的楼，大家倒垃圾往楼下走，倒完后爬楼，而绝不是端着垃圾往楼上走，轻松下楼回家；三、变态者很想听到人们对自己行为的议论，所以他定然不会住得离十层

太远；四、只有独居才方便作案……

听得我毛骨悚然。因为太有道理了。

其实要查到底是谁也很简单，只要公安局带警犬来搜搜。但谁愿意看到最后是一位在社会上有头有脸受人尊敬的老先生被揪出来呢。好在后来大便又消失了。

当然照片里这个人不是那个变态。这是我丈夫的背影。

韶光贱

人在旅途

2006.10.24，东京，雨。

出机场拍的第一张照片。

白天，路灯没关。

浪费电。

我们在日本很少坐出租车。一来地铁很方便，二来出租车很贵。

所以我很珍惜为数不多的免费坐出租车的机会。

出租司机很年长，老伯伯。车里收拾得一尘不染，坐椅上铺着雪白的织套。

这样的“在路上”，是一种有序的体会。

白天看bill viola的影像展，是把所有画面高度放慢以至于大部　像像是静止。

想起大野洋子的《微笑》。

《the greeting》是其中我最喜欢的一个：某个夜晚的路口，三个妇女先后遇见，寒喧问候。但因为速度放到无穷慢，可以清晰地看到每一个笑容的转换之间，会有难以想象的类似尴尬、愤怒、平静、质疑的表情过度，在动态的影像中，慢镜就是显微镜，原来半生不熟或者很熟悉的人之间的客套，内心深处瞬间流露的不自然的慌乱是完全可以被捕捉并展示的。人们的关系如果放大N倍，太惊人了。

晚上参加电影节的party，从酒吧出来，路边三位女性聊天，竟然和白天看到的影像极度相似。

涩谷。等绿灯。

日语里“暮”是“生活”的意思。

以“暮”来指“生活”，似乎有些道理。就个体来说，生活就是将暮的过程。

《Good luck》。

看过么?

木村拓哉演一个飞行员。还有我喜欢的堤真一。

我对机场有特殊情感。从没坐过飞机起，就期待着能有一个人在机场大声叫我的名字，把正要登机的我留下，我像日本偶像剧里的人一样笑着流泪。或者我叫他的名字，他回头冲我笑着流泪也行，男女通用。

然而到现在都没有一次……

日本的机场叫“空港”。很形象。当那个人走，再大的机场再喧嚣的声音，仍让人觉得空空荡荡。

“飞”和“空”，都是我曾经喜欢过的字。

而飞鸟注定不会在天空留下痕迹。

从涩谷回六本木。在地铁里，有座儿我就坐着。

新买的帽子装在手提袋里。白色的毛毛帽子，戴上像长了一头白发。装在黑色的袋子里。然后就看见这句话。

Girls save the world. Love boat save the girls.

可惜没能在春天到上野公园，听说那时那里步步樱花。

不过这次看到了民间艺人的演出，路边扎着白色的帐篷，他们在里面换好衣服，走到人流中就地表演。

演的，看的，没有人大声。偶尔有小声的惊叹，都是克制的，礼貌的。

平静地度过了愉快而有内容的一天。

帕坦杜巴广场上，很多尼泊尔小孩光着脚跑来跑去。壮壮明显有点慌，他习惯的生活中人不是这样的。

小孩看他也怪，仗着人多对他指指点点。壮壮一直沉默，在车里紧张得身体僵硬。他不太敢下来，可蜷在车里又限制他的灵活，脑海里激烈斗争。

大人在旁边聊自己的，看着他只觉得怪逗的。小孩只能干着自己的急。

接下来几天，他慢慢适应了陌生的环境。比他高大的当地小孩抢走小车，他也有勇气顽强地追抢回来，一路尖叫着，以示自己的愤怒很厉害很不可小视。

一进酒店我们就懵了。花园里优雅，干净，安静，泳池边还有铺着洁白床单的木榻。这是加德满都吗?

那那说要带我们去一处很高级的地方吃晚饭时，我们都半信半疑。

到达加德满都那天是夜里，车在一片片黑暗破旧的房子中颠簸着七拐八拐，把大家的心都颠没底了。后来知道那是清洁工人开始罢工的第一天。

那那说这里就是富人真富，穷人真穷。

晚餐上了九道菜，菜单还印成纪念册的样子，饭后送每人纪念品，是一小块儿雕刻的红砖。我挑了双鱼图案的。

据说绕Bodhnath佛塔三圈，许下的愿望会实现。

绕塔时，大家脚步有疾有徐，就慢慢散开了。

我走得快，中间还追上走慢一圈的朋友。转完三圈没事干，干等也是等，接着转。

一个穿着红色喇嘛服剃着极短头发的西方女性从旁超过。奇怪，我走得已经很快了。

她步态飘逸，似乎不着一点力气，背影令四周瞬间消音。我想跟上，却发现那样的速度令我失去仪态。她迅速就消失了。

爬上白色的巨塔，从塔顶向下流泻一道道黄色的酥油。四处看了看，没有心得。

在博卡拉，一路颠簸着穿过村庄，住进一个号称“六星级”的酒店。

从房间的露台，看见远处的“鱼尾峰”雪顶。

院子里有专辟的儿童乐园。

有的已经坏了，米老鼠一头栽在草地上。

后来知道“六星”的来由，因为酒店还有一间赌场。

去奇旺的路，大概开了七八个小时。回程坐飞机，大概是二十分钟吧。

路上休整，好看的小男孩在窗外急切地卖他做的琴。

他们说，噢，这张照片拍得好。

我想起小熟儿看林燕妮的一篇文章，写到一件浴袍。写即使分手，如果这男的一直穿一直穿这件浴袍，穿得带子烂掉，会看见她在里面绣的“我爱你”。

当然后来她又写，一切只是梦——她没缝完，浴袍也就没给对方。

有时我会想：为什么人们会在一个完全陌生的地方，突然感到熟悉？也许因为我先来过，然后有一天同样的时间同样的光线你也来了，你站或坐在同样的位置同样的角度，如果那时你无意间转头，就会发现我曾在这里看到的。我用眼睛等过你。

在奇旺的早晨，我看见了我梦想中梦的样子。

“嘿儿喽”。

北京话即让小孩儿骑脖子上。

狼师一路“嘿儿喽”，穿过平原，树林，健步如飞。

下面是加德满都。

想起的是《虫师》主题歌，Ally Kerr《The Sore Feet Song》：

I walked ten thousand miles, ten thousand miles to see you.

And ever gasp to breath, I grabbed it just to find you.

I climbed up every hill to get to you.

I wandered ancient lands to hold just you……

NAMASTE CYBER CAFE

到巴德岗没一会儿就停电了。室外尚能看清彼此，于是到咖啡馆露台上的余晖中盯着整个杜巴广场逐渐暗淡下去。黄昏时广场上陆续摆开的摊子迅速在暧昧的天色中隐去，只剩两个不知道什么单位的大探照灯突兀地照射着对面的天空，灯很亮，天空依然很黑。过了一会儿，灯灭了，广场四周几个木质的窗棂里颤微微地亮起了蜡烛，偶尔从角落里传来几声陌生的呼唤，于是这个夜晚有了一种熟悉的童年味道，仿佛爸妈找我的声音马上会在广场的某一处响起……也许会有小时候的我就答应了。

伙计点上蜡，有风，外面的罩子很像我们小时候用的煤油灯。几个人裹着厚厚的羽绒服和冷风抢时间，在饭菜冷却前将它们转移到胃里。大家讨论着曾经点过的各种灯，我记得一种石灰灯，味道极其呛鼻，也许是石灰比较容易搞到。

在巴德岗，停电是自然的、心安理得的，似乎那才是巴德岗生活的一部分，是安逸生活的表现。在那儿不用表，因为不关心时间，困了就睡了，睡在巴德岗最高的旅店里，夜寒，蓬松的被子很暖。醒了就起来了，爬到女神庙高高的台阶上，晒腿。阳光很烈。

被广告包裹成酱的叹息桥……让人叹息的叹息桥

为时间从容，虽然五点半即到罗马，仍订了九点四十飞威尼斯的航班。估摸登机时间快到了，柜台仍没动静，知道要糟，果然。先是说换登机口，后又说delay，大家困得在椅子上东歪西倒。

十点四十，终于飞了。一个多小时后，被一串意大利语惊醒，困到呆傻的脸面面相觑。威尼斯大雾，降不下去。我有点紧张，扒窗户一望，万丈红尘，灯火通明，唯眼皮子正下方像蒙上一层毛玻璃。空大爷出来一个一个聊，似乎在解释。后来也就降下去了。我正想说意大利飞行员和母们国产的胆子有一拼，就觉得国际旅游城市的机场未免也太破了吧。

原来是降到了trieste，紧邻斯洛文尼亚。又等了半个小时，派来几辆大巴，把乘客拉到威尼斯机场。路上大概又一两个小时，昏睡中间醒过来，立交桥竟与京通快速五环出口一模一样，恍惚间以为到家了。

到机场已三点。冷雨夜，一些人拉着行李往码头走，我嘀咕，没船了啊，走什么劲呢？刚到一半，前面有脚力好已折返的告知，最早一班船也要六点才来。回到候机大厅，S不甘心等天亮，照着大铁闸上面的taxi boot电话一通狂打，大概是第三通，对方竟然同意此时来接……130欧。

在黑黢黢的夜里迎风破浪进入威尼斯，也是一种不同的体验。

睡前看表，六点。从北京登机至今，已二十六个小时过去，近三十个小时没挨床哇。

我喜欢威尼斯吗？谈不上。太谜宫了。明明看见目标，两小时愣走不过去——我确实笨点儿。苦了一双脚，走成人鱼公主了，每一步都似踏上刀尖。我也不知道自己怎么想的，出发前犹豫再三，愣没穿那双最舒服的球鞋。他们问你为什么？我说上面有意大利国旗，把人国旗穿脚上似乎不合适——最大的缺点就是太有礼貌。脚上的水泡哇！脚腕子要走断的当儿，还九十度直角崴地板上了。

酒店叫bembo，很好，就在rialto桥旁，房间地板是斜的。

也许是来程太过辛苦，没有以热爱去品味威尼斯。也许是因为别人每提威尼斯，神色过于向往眼神过于期盼，以至于我都不知道该把它预设成多好了。

离开时三点，买四点的票，票面上打着“两点”发车。T说，这就是意大利人。

火车自一片水中驶离威尼斯，天色渐暗。那一刹，开小差的热爱悄然归位。

大穹窿顶的日本妹

PIZZA
PIZZERIA A TAGLIO

从中央车站出来，拉着箱子在窄巷子里走五分钟即到酒店。名字忘记了，但正对prada，旁边就是cartier和armani，这条街上还有gucci，celine，ferragamo。充分显示了此行在佛罗伦萨的主要任务。

佛罗伦萨的中心区很小，基本上可以腿儿着去任何地方。一见到花之圣母教堂，立马儿颓了——太壮观了。其壮观伟大使拍照片成为一件毫无意义的无聊事——反正也拍不过印刷品，反正就是那么的美，默默记在心里算了。

由于很多博物馆周一休息，我们迅速调整了日程，下午包车直奔prada工厂。

在门口要拿号，电子屏显示几号到几号目前可以进去。淡季，没什么人。后来觉得，购物第一站即安排到此是很失策的，因彼时还处于审视阶段，所以购买得非常矜持。过几天进入消费状态后，人人后悔不迭。

第二站去了the mall，适应多了，大家迅速消失在各个专卖店门口……

佛罗伦萨一直下雨，气温在十度左右，酒店里却有蚊子，当着佛教徒的面打死一只又来一只，直到退房才发现抽屉里的蚊香，也许是家养的。

我喜欢阴雨天，在各式各样压得很低的层叠的云下走过圣三一桥，想到也许多年前徐志摩也在同样的天色下双手插大衣兜里匆匆走过，才觉得“翡冷翠”这名字译得是多么贴切和美好。

第二天去了锡尼奥里亚广场，复制的大卫像在清理，被木板包得严严实实。我凑过去使劲看，只从木板的缝隙里看到大卫的小鸡鸡。

很遗憾没有参观到梅迪契家族礼拜堂，但当乌菲齐美术馆里的波提切利和皮蒂宫的拉斐尔，那些课本里见过的图画真的呈现面前，心里突然就感动了。可惜没能更年轻更能吃苦的时候来，希望这两年有机会再去佛罗伦萨，起码住上一个月吧。

prada工厂门口的摄影爱好者

早上九点，司机老爷爷准时来了。

他是我们此行最愉快的回忆之一。穿戴一丝不苟，我丈夫说像《天堂电影院》里那老头儿，总是笑眯眯，喜欢交谈，言之有物且适可而止。一上车就拿出一份他自己搜集打印装订在透明塑料夹里的当天旅行目的地及路线介绍，图文并茂。当有人说要喝水，他听懂了，马上从储物箱里掏出一瓶准备好的不带气的矿泉水，老感人了。

圣吉米尼亚诺人称“美塔之城”，全盛时期有70座，现余14座。有人说，意大利人如果知道你去过圣吉米尼亚诺，才会觉得你有点品——我用他们觉得我有没品么？

很小的城，从主街穿城而过也就十来分钟。意大利很多小城的年轻人一到冬季就离开，旅游旺季才回来做生意。因此冬天的圣吉米尼亚诺是一座老人城市，街巷里只见蹒跚背影。但转过身的脸凑在一起聊天，笑声朗朗回荡。意大利人的平均寿命是八十多岁。

离开圣城，老爷爷带我们去了一处山顶的城堡。时间不对，城墙入口锁着。城堡中间有口井，小商店门口伫立着一个铁皮人，据说这里产葡萄酒。

老爷爷总指着这里那里的美景说：我的……追问下才又说：my dream。

走累的同伴

梵蒂冈

去前问蓝知，罗马好玩吗？他说没劲，到处都是博物馆。

啊……我以为，那不是很有劲吗。

从罗马起，出租司机给我留下很坏的印象。火车站前有一高大汉子在安排乘客上车，姿势娴熟，我们一行自觉排队向前，他问，五个人？我们还想行李这么多，可能要分两辆车。结果他叫我们去前面一辆很大的出租车，司机与副驾驶之间有一个折叠座可以放下来，心说真好，一辆车就够了。

行李与人都上好，司机并没来，汉子还在后面指挥，一会儿自己上了车，噢原来他是这辆车的司机。上车并不打表，开了一会儿说，三十欧。负责订酒店的T疑惑，似乎酒店离火车站就三分钟啊。黑司机多收了钱，多绕了点路，多瞻仰了一下罗马市容。后来我们遇到最黑的司机基本上都在罗马，看来还真是大都市的通病。

酒店离许原池很近，近得可以听见喷泉的哗哗声。头天我没好意思扔硬币，把硬币给了小朋友。听说有个流浪汉每天夜里去许愿池捞一千欧元，已持续三十四年，最牛逼的是没法给他定罪，人既没偷也没抢。估计现在是政府在捞吧，要不然没一个月池子就满了。

传说中罗马遍地的猫只在斗兽场和梵蒂冈见到几只。我们此次的主要目的就是梵蒂冈博物馆，而博物馆里唯拉斐尔画室和西斯廷礼拜堂人最多。西斯廷礼拜堂是此行唯一里面嗡嗡的展厅，隔一阵就有人用大喇叭喊请安静。四周的座位需要用抢的。我仍然最喜欢《亚当的诞生》，但其实是因为《魔女的条件》里面用了它并用得很感人。从通俗作品里建立对古典的兴趣是我的方式。

隔天腿儿了很远去看温科利的圣彼得教堂，只为了里面一尊米开朗琪罗的《摩西像》。忘了看时间，结果三点才开门，一点半就到了，不多的游客坐在教堂前的门廊里。此时下起暴雨，那些沉默看雨的游客，就像油画中人。回来的路上下高台阶，经过很黑的桥洞，有人在里面用手风琴拉《my way》，雨后的天色和湿润度里，这样的曲子有点感人，我丈夫执意给钱。晚上去逛街，街角有个小男孩也在拉同样的曲子，不知道这是同一团伙或雨天必拉曲目

还是他们知道这首就是感人。

某晚去台伯河对岸吃海鲜，路过罗马最古老的教堂“河对岸圣母堂”，看见人群乌泱乌泱往里走，正赶上晚弥撒。机会难得，我们赶紧相跟着。一句话听不懂，但唱诗太好听了。有个女声的领唱，声音清澈见底，神圣得令同去的小朋友当即昏睡过去，醒来完全不知道怎么回事。

临走前，我还是忍不住溜到许愿池，背对着扔了一枚硬币进去。许愿池那样大，我居然还自虐地想，不会竟然很悲剧地没扔进去吧。

深夜到达那不勒斯。我在到达每个城市前看《走遍全球》，他们看《孤独星球》，差异由此显现：我喜欢字大点，图多点，彩色，他们喜欢权威。

但一致选择不玩那不勒斯。我稍纠结了一下，因为我家有个海格拉斯像，原物就在那不勒斯的国家考古博物馆，有点想去看看。但最后还是选择大家一起游庞贝古城和波西塔诺，那不勒斯留给下次。

前两年去看过世纪坛的庞贝古城展，很喜欢，因为那个展览已经非常深度了，图文音像皆有，还复原了一个骸骨堆，所以对去遗址so so。结果和我想得差不多，除了妓院引起我的兴趣。

妓院很紧凑，一小间一小间的，进门就上炕。炕是石头做的，很短，目测也就一米六吧。当然没好意思上去量量。有意思的是墙壁上的小小春宫，虽然已经模糊，但仍大概看得清各种姿势。用以著名的“庞贝红”，据说“庞贝红”到现在人们也调不出来。

庞贝古城里除了废墟，并没什么遗留下来的文物，都放在博物馆里了。

从庞贝出来，发现换了一个司机，也许是因为周末，人家不愿意干活。新司机很高大，沉默，有点凶。但在路上，每路过大家发出好奇声音的地方，他便会默默把车停在一边，给大家充足的拍照时间。由此我判断他并不是冷漠的人，只不过因为英文不够好才会选择少言寡语。

翻过一座浓雾的山后，我似乎看见远处有亮光一闪，想来是海。我从小对海有特殊情感，也许是因为巨蟹座？

一路下山，车上的人渐渐只发出“啊”的赞叹声。阿马尔菲海岸越来越清晰地出现在面前。因为阴天，所以云很有层次很壮观，像之前看到的博物馆里的油画，我自作聪明地对我丈夫说：每天看到这样的云，我理解为什么他们可以画出那样的画了。我丈夫也煞有介事地点头表示认同。

经过一座桥时，司机主动把车停下。桥下惊涛拍岸，一侧是海，另一侧白色的浪花直拍山脚，怪不得有“千堆雪”这个形容。桥很窄，常有车过，看上去很酷的司机一直小心地护着小朋友，提示大家不要再往道路中间退。

大家在车上一直拍云，后来L不拍了，说拍也没意思，就记住吧。

波西塔诺是依山势而建的海边小镇。非常美。回来正好收到新一期《私家地

理》，里面介绍欧洲最好的酒店，其中波西塔诺就有两家。恶贵。

不知是否天气原因，这一天的波西塔诺的海滩完全可以用“惊涛拍岸”来形容，美得壮丽。

无意中进到《私家地理》同一篇文章中推荐的chez black餐厅吃饭，我迫不及待地点了《走遍全球》上介绍的玛格丽塔pizza，很好吃，后来在罗马机场的快餐厅又点了一次……次。

因为要在七点赶到码头，我们匆匆踏上回程，在车上依依不舍地看着云彩壮烈地变成黑暗，有种看英雄老去的心情。

进了城市，稍有些堵车。酷司机着急了，开得非常凶悍，急加速急刹车，我一颗心一直在嗓子眼蹦。眼瞅着到点了，他不放弃，终于在七点整到达，但我们还要去确认船票，他急扯白脸地用意大利语问码头上的人去巴勒莫是哪个船，在哪里确认，车子像警匪片一样开到正确的地点。虽然晚了三分钟，但仍然可以上船。酷司机一下就放松了，脸色不再像白天那么难看，也许因为他终于不辱使命把我们送上了船，也许因为终于可以跟这帮语言不通的家伙再见了。在我们拉着行李要上船的时候，回头向他说“grazie”，他竟然活泼地挤了下眼睛。

年三十了，我们将在第勒尼安海上度过。

龙脉

以前我没坐过轮船，没有在上面过夜的经验。

房间很小，像火车软卧，不同在于多了一个非常小的洗手间。水龙头里流出白色的水，所以我们之中没人尝试在船上洗澡。

在波西塔诺时，P曾指着海面说，我们晚上将渡过这片海，我就懵摺。如果你看到我拍到的巨浪，就知道我懵在哪里了。但他们说，到了海上就不会这么猛了。难不成像飞机飞到云层之上？太乐观了。

船上没有娱乐设施，我溜达到酒吧，喝了一听可乐。太蠢了。当小朋友们不停地站起摔倒后，可乐也就在扁桃腺了。我挣扎着左扶右晃回了舱，倒下，每当船颠到浪尖，可乐喷薄欲出，我非常镇定地起来，找出神宁抹上，再戴上耳塞，于是我成为这一晚最好睡的人。可怜的S吐了。

早晨船到巴勒莫，并不像预先说的六点钟，而是八点。我准备的功课里说巴勒莫没劲，所以没有和他们去四处逛，只坐在牡丹楼里等着下一班火车。（潘粤明讲过一个笑话，一群人请来视察的领导吃饭，说去我们镇上最好的饭馆牡丹楼，到地儿一看，好大的“M”……听不懂算了）。

当看到火车外不时掠过的仙人掌，才想起，这是西西里岛了。

阿格里琴托，我最喜欢的西西里岛城市，被希腊诗人品达尔称为“世界绝美之都”。山城，坐车一路往下，路过该城最著名的神庙，来到一片丛林。这次订的住处是个resort，让我想起尼泊尔的奇旺，当然设施要强得多。

稍事休整，马上去了神庙。远看不觉怎样，来到面前，当即被震撼。几个神庙建在海与山之间一块明显突起的坡上——龙脉啊，看来不管懂不懂风水，人类都会对精华凝聚的地方产生天然的钟爱。我喜欢一切将人对比得渺小的古迹。想：一万年后如北京成为遗迹，人们会在那里看到什么？哇，好壮观……的大裤衩。

路边的杏花已开，落英缤纷，到处是橄榄树。我想，穿着白色的长袍走在这样的地方才恰当啊，就像真的回到古希腊时代。（看过那么多博物馆后我发现，我现在那是典型的希腊身材。以前我丈夫老自称希腊身材，现在毋们家一对儿希腊身材了）

火车只有两截，不仅破，还一会儿往东一会儿往西。乘客不多，一半是火车上的工作人员，且不说英语。幸亏车上有个年轻小伙子，S说年轻人肯定会说英语，果然。我们就跟着他跳上跳下，到了一地儿赶紧从左车门吭哧吭哧把行李运下，然后吭哧吭哧运上旁边那辆车的右车门。就这样颠三倒四地到了卡塔尼亚。

西西里岛的城市与意大利北部的风格很不同，像中国一些大的省会城市。我来完全是冲着黑手党的名头，想看看是什么样的土地孕育出他们。

卡塔尼亚是此岛重要的中转城市，某晚在街上闲逛，突然看见前面忽地就出现了一大堆年轻人，表情激动地挤在一家宾馆前，后来才知道是国际米兰来了。L省悟这里也有一支意甲哇，有点激动，想买第二天的票，可惜早卖完了。

卡塔尼亚是一座九次从火山灰下重建的城市，我很喜欢它的城市标语：我从我自己的灰烬中再生。城市的很多建筑与作曲家贝里尼有关。但具体说到有什么玩的，也说不上来。有天在街上听到吹拉弹唱的庆祝声，凑过去看见一群穿着类似民族服装的人抬着一个什么雕塑原地转圈，其中一面上画着曾经在博物馆里见过的女人被割掉乳房的图。

整个岛的旅游刚开发不算久，所以有些当地人看见我们会露出吃惊的表情，就像我们以前。他们的打扮和大陆上最大的差别是，没那么瘦削。罗马年轻人的基本款一水儿黑色紧身呢大衣，我丈夫看着眼馋也置了一件，完全无视自身条件。

买完长途车票，比发车时间晚了三分钟。之前有晚上船和把票打错时间的经验，以为车不会准点发，谁知岂止准点，还提前了一分钟。只好在车站多等一个小时。

锡拉库萨是西西里岛相对静美的城市，出过最大的腕儿是阿基米德，就撬地球那位。大美女贝鲁奇演的著名电影《西西里美丽传说》也叫《梅琳娜》就在这拍的。我在小巷里走时，有个老头一直仰脖往楼上看，我特意低头加速走过，怕碍他事。后来才知道他是在看阳台上梅琳娜做招猫递狗状的雕塑。

我们听了P的，没在公园那边逛，坐免费的公共汽车去了老城区。这里黑人很多。

老城区的角上是maniace古堡，壮观程度与瑞士的西墉古堡无法比。我百无聊赖地转了一圈，还努力攀到围墙上想看海与围墙是如何交接的，但围墙太厚，我在上面看到的是……向下斜的围墙，拣了块石头往外扔，听到的也是落在石头上的声音。难道还是落在围墙上了？

城堡是米色的。那天阳光极好，在院里走一圈，几乎要瞎了。就想希腊那些白房子，看一天也就真瞎了吧。

在一个小广场前问路，站牌下的女孩说就在这里等车，上车前发现，这是阿基米德站。

诺托很小，比圣吉米尼亚诺稍大，前几年被列为世界文化遗产了，但相关介绍很少。我丈夫不喜欢这个地方，说像死城，太安静，尽是老年人。我还挺喜欢的，人少多好啊，干净。下午的阳光过于灿烂，小镇一片金黄，有了某种圣洁的气氛。

从下车起，就有一条掉了毛的老狗跟着。有时走到岔路，不知往何处去，它便到前面，我们跟着。后来索性不看地图了，就看它往哪走。也许因为老，它在镇上很有权威，别的猫狗见到它，全闪到一边，它便一路走一路威严地尿下记号，直到回到小城入口。有老人与它熟识，和它打招呼，它跑过去围着转，很有城市标志的意思。

我们在长途车站等回卡塔尼亚的车，咨询的帅小伙子不会说英语，但明白我们的意思，他上车后还着急地指着我们身后一对游客状的男女，意思让我们跟着他们就行了。人真好。

这时老狗竟然又跑来了，在我们身边徘徊，显然是来相送，和每个人告别。很有人的样子。

桃尔米纳是我们意大利之行的最后一站。来到这儿的时候，我差不多已经忘记了一周前在大陆上的狂走，没有那么多的博物馆要看，也没那么多购物场所，脚上的泡早已经瘪了。

在这儿真是无所事事地待了两天。商店上午开一会儿，黄昏开一会儿，总不对我们遛达的时间，我们坐在路边咖啡馆看人，等商店开门找点事干。

在这里第一次有人对我们说『你好』，以前都是说日语。

来的当天下午去了岛上最著名的景点希腊剧场，它在整个西西里名列第二，建于公元前三世纪。背景是海和埃特纳火山，可惜火山口总是云雾缭绕，我没看到。早起的他们拍下了白雪覆盖的火山。

此行小朋友一直在唱一首只有两个音的歌：宝——宝，做面包，烤面包，小心不要烤——焦。把小朋友举到舞台上让他唱，他却害臊了，非常小声地唱了一遍，在强迫的鼓励下又非常快速地唱了一遍。结果遛达到街上，突然有一对意大利夫妇拦住我说，刚才你是不是在剧场唱歌？我说没有啊，他们坚持说有，还非要我当街唱一句来自母们祖国的歌，一句就行。著名的窝里横的我，横下一条心，为不给祖国丢脸硬着头皮唱了一句，两人一副陶醉的样子离

开，我懵擢。他们肯定认错人了。似乎有两个中国旅游团也在桃尔米纳，说不定谁刚才在剧场唱家乡戏来着。

酒店斜对面就是缆车，15分钟一班，到海边。海滩的沙子基本上是石子，海水倒是极清澈的。据说桃尔米纳是意大利人度蜜月的地方，但比起波西塔诺的惊涛骇浪，这里显得过于平静，当然蜜月中人可能还是愿意面对风平浪静吧。相对于消费和繁荣度，这儿应该就是意大利人的北戴河吧。

这张照片有什么意思呢？

没什么意思。太常见了，没有难度，显而易见的表达。

我只是想亲手拍一张这样的照片。

lugano是瑞士第三金融中心。

和S夫妇去逛店，很累。为人父母的人真有劲。

早餐时遇到一个来自武汉的女孩，在蒙投学酒店管理，握手很有力。

我所以为瑞士德语区和意语区的区别：

1. 意语区基本无大狗，但德语区基本上全是大狗。

2. 意语区更聒躁，比如德语区从未出现的车里音响开极大声震彻整街的情形。

3. 意语区有飞车党，这在德语区无法想象。

4. 意语区房子多为石质，多四五层的，但德语区各种都有。

5. 意语区人比德语区人漂亮。

6. 意语区空气总雾朦朦，德语区十分干净透亮。

T说，他们的房子像是直接盖在地毯上的，很形象。

几乎要放弃去厦门。因为来之前的那天发起小烧，喝了感冒冲剂，睡，汗，梦。

醒，喝水，难受，热度有点上来，再睡，再梦。

再醒，恶心。

又睡，梦。

醒来似乎好一些，煮方便面，泡澡，看杂志，汗也没怎么出来。还是决定去。因为退票也是件很麻烦的事。

厦门很冷，听说是十年来最冷的冬天。打车到厦大的海滩，司机说，看，对面就是金门。下了车，在风里看了很久。很近。几乎可以看到岛上的字。因为听司机说了字的内容，就觉得真的是自己看见的。

有一个梦是这样的：类似从鼓浪屿轮渡上岸的场面，一群人鱼贯而出，安静，不算无秩序。

此时，突然听见哗哗的水声，确切地说，是尿声。

大家环顾四下，看来看去，发现是我，一边走一边若无其事地撒尿。

当时我想：呀，被人看到了。大家都沉默，哗哗的尿声在继续……

我想这是因为潜意识里对最近的生活有力不从心的失控感。

惠子在考导游证，把我们带到景点外，自己并不进去，在外面等着。

我们不好意思让她等太久，随着人流爬上去，转一个圈，就下来了。

好在明孝陵并不是很大。

去大藏寺的路上我本坐在后排中央，帕杰罗，颠死，且脑后无靠，趁在马尔康修整换到前座。不过半个小时，离合就没了，只得以一档向前，油表急速下降。别人出主意的当儿我猜，莫不是我克东西的本领又显灵了？换到后座时司机蒲巴问，你害怕？我说不是，我想我可能不应坐在前座。果然，半小时后，二档有了，再过一会儿，三档有了，后来，连四档也有了……这车真的坏过么？

下山我一分钟没再坐前座，车没有出什么事故，只不过被山上掉下的直径约五十公分的大石头砸掉了右后轮的挡泥板么。

喇嘛辩经，外人看像随时要动手的吵架，手指对方高声怪叫。

小喇嘛学习辩经，念念有词，身体随之晃动。

在高原的积云下，难得拍到安静的样子。

我真像个游客。

此行有天南地北各色人等约百名，形状各异，我默默地给部分群众起了外号解闷儿。一位来自厦门的先生是位茶道高段，自己种茶做茶，人称“茶树精”，但我管他叫“裤线笔直”，因在此艰苦环境下，他的裤线不仅前面笔直，后面也笔直，全程！五天！

人说定是每晚将裤子压在枕下，但我丈夫说，匝的……

过两天上来一位大姐，一脸养尊处优，在住房紧缺的情况下，自己占了一间。因第二天又来七八位海外赤子要与她挤，大姐选择与我们同在大殿旁的高级僧房打地铺。大姐从山门外的客房抱上两床自己晒好的被子，许没谱羡慕地说大姐的被子真新真干净，再看看自己的，幽幽叹息道：我这被子不知道睡过多少人……（其实我们也是在我丈夫重复了一遍后才明白其中深意的）

下午四点，大藏寺的堪布祈珠仁波切要给藏传佛教弟子们灌顶。是很重要的仪式。

午饭后我到正殿门前的阴凉里坐着发呆，仁波切竟然被簇拥着走了过来。看来他很重视这次灌顶，一早就来准备，我赶紧起来让路。

他进殿后，我想起还没在大殿前留过影，就让人帮我捏一张。这时殿里出来位喇嘛示意不要照相，也许他以为我要照仁波切吧。我还真不是这个意思。

看我们并没准备离开，喇嘛放下了门上的布帘子。

奇怪的事情发生了。

我的相机突然间死机，按任何钮都毫无反应。人问是否电池没电，可午饭后我刚换上充好的电池。他拉我离开大殿，说，也许仁波切不想人在这里照相。

啊？

我站在广场把电池拆下来重新装上，好了，一切如常。

可我不再有心情回到大殿前去了。

此前，以及此后至今，我的相机都没有发生过这种情况。

这里据说也叫“小瑞士”，而瑞士的一个特点就是，随便拍张照片都极美。

大藏寺的围墙外有一座观音碑，为纪念六世达赖曾经到访。六世达赖名仓央嘉措，是藏传佛教倍受争议的一位活佛。叛逆，多情，被黜，不知所终。

他留给后世许多百转千回的情诗，《情癫大圣》中『世间安得双全法，不负如来不负卿』就是他的句子。

我最喜欢的一首是：

从来不见也好，
省得情丝萦绕。
原来不熟也好，
就不会这般颠倒。

大藏寺在四川，距成都约500公里，属阿坝，邻青海，海拔3400米。有一点艰苦，主要在于高原反应和无法洗澡。

此行百人左右，应只我一人非佛教徒，却也被五六十岁的阿姨尊称“师姐”。太客气了。

放风马旗前，明白人告诉可以在上面写下愿望，听说佛教徒们写得都是些很大的愿望比如世界和平或全球气候不再变暖，而我，默默地写下：赵赵不用费心减肥也不胖。

夜里赶火车，翻山越岭。五台山有三千米高，坐在颠簸的车里，抬头有满天星。有记忆以来，从未见过这样多的星星。

所以有银河，星星和星云聚成宽广的一束，在夜空中飞跃而过。

不知道原因，天上的景色总令我感动。

下山，到火车站，在凡间，山西是污染大省，什么都不见。

看不到，因为站不到可看到的位置。

也没什么好怨的，无非如此。

在圆照寺，接到一个电话。

在哪里？

在圆照寺。

什么地方？

五台山。

为什么？

没为什么。